HÉSIODE ÉDITIONS

CHARLES DICKENS

Les Apparitions de Noël

Hésiode éditions

© Hésiode éditions.

1 rue Honoré - 93500 Pantin.
ISBN 978-2-38512-124-2
Dépôt légal : Novembre 2022

Impression Books on Demand GmbH

In de Tarpen 42
22848 Norderstedt, Allemagne

Les Apparitions de Noël

I

LE SPECTRE DE MARLEY.

Marley était mort : pour commencer par le commencement. Il n'y a là-dessus aucun doute ; le registre de son enterrement avait été signé par l'ecclésiastique, le sacristain, l'entrepreneur des funérailles et celui qui conduisait le deuil. Scrooge l'avait signé aussi, et le nom de Scrooge était une bonne signature à la Bourse sur tout papier où Scrooge l'apposait de sa main. Le vieux Marley était mort, bien mort !

Scrooge savait-il que Marley était mort ? sans doute ! Comment aurait-il pu ne pas le savoir ? Scrooge et Marley avaient été associés pendant de longues années. Scrooge était son seul exécuteur testamentaire, son seul curateur, son seul fidéicommissaire, son seul légataire au résidu, son seul ami, le seul qui eût porté son deuil. Et cependant Scrooge n'avait pas été si cruellement frappé par le triste événement qu'il ne se montrât encore un habile homme d'affaires le jour même des obsèques : – il les solennisa par la conclusion d'un excellent marché.

Je répète donc que Marley était mort, et je le répète, parce que sans ce point de départ, bien compris de tous, il n'y aurait rien de merveilleux dans mon histoire. Si vous n'étiez parfaitement convaincu que le père d'Hamlet est mort quand la pièce commence, qu'y aurait-il de surprenant à voir le feu roi de Danemark se promener le soir sur les remparts de sa capitale ?

Scrooge n'effaça jamais le nom du vieux Marley de son enseigne. Ce nom était encore peint plusieurs années après au-dessus de la porte du magasin : scrooge et marley. La signature connue de la maison était Scrooge et Marley. Tantôt ceux qui traitaient avec Scrooge pour la première fois appelaient Scrooge, Scrooge, et tantôt ils l'appelaient Marley ; mais il répondait aux deux noms : cela lui était égal.

Ah ! c'était un compère à la main serrée que Scrooge, cupide, avare, et sachant exprimer jusqu'à la dernière goutte d'une éponge ; un cœur dur comme caillou, un vieux pécheur madré, retors, discret, mystérieux, et renfermé en lui-même comme l'huître sur son rocher. On devinait toute la froideur de son âme à sa taille raide, à son nez effilé, à ses joues sèches, à ses yeux bordés d'un cercle rouge, à son menton pointu, à ses lèvres minces et bleuâtres, au son aigre de sa voix. Il y avait sur sa physionomie, sur toute sa personne, autour de lui, tous les signes de cette atmosphère glaciale dans laquelle il vivait, et dont la température se faisait sentir à tous ceux qui l'approchaient.

Personne ne l'aborda jamais dans la rue pour lui dire d'un air gai : « Mon cher Scrooge, comment vous portez-vous ? quand venez-vous me voir ? » Aucun mendiant n'eût osé implorer de lui une menue monnaie, aucun enfant ne lui demandait l'heure, jamais passant, homme ou femme, ne le pria de vouloir bien lui indiquer son chemin. Les chiens d'aveugle semblaient eux-mêmes le connaître, et tiraient leurs maîtres à droite ou à gauche pour l'éviter, en remuant la queue, comme pour dire : « Mieux vaut ne pas y voir du tout, pauvre aveugle, que d'avoir le mauvais œil. »

Mais qu'importait à Scrooge ? c'était au contraire ce qu'il voulait : écarter la foule du coude dans les sentiers populeux de la vie et tenir à distance toutes les sympathies humaines, c'était là le bonheur de Scrooge.

Un jour… de tous les bons jours de l'année, le meilleur, la veille de Noël… le vieux Scrooge était assis et occupé dans son comptoir. Il faisait froid, un froid piquant avec du brouillard par-dessus le marché ; Scrooge pouvait entendre dans la ruelle voisine les gens aller et venir, respirant avec bruit, se frappant la poitrine et piétinant sur le trottoir pour se réchauffer. Les horloges de la cité n'avaient sonné que trois heures, et il était déjà presque nuit ; il n'avait pas fait jour depuis le matin, et les chandelles allumées dans les boutiques voisines exhalaient contre les vitres leur lumignon rougeâtre. Le brouillard pénétrait intérieurement à travers toutes les fentes et tous les trous de serrure, brouillard si épais au dehors que, quoique la rue fût des plus étroites, les maisons de l'autre côté n'étaient plus que de vraies masses d'ombres.

La porte du comptoir de Scrooge restait ouverte, afin qu'il pût surveiller son commis, qui, dans une espèce de cellule sombre, faisait des copies de lettres. Scrooge avait un très-petit feu ; mais le feu du commis était si petit qu'il ressemblait à un charbon unique : et comment aurait-il pu le regarnir ? Scrooge gardant la boîte aux charbons dans la pièce où il se tenait lui-même. Chaque fois que le commis y entrait avec sa pelle pour en chercher, le maître de prédire qu'ils seraient forcés de se séparer. Aussi le commis s'enveloppait de son mieux et essayait de se réchauffer à la chandelle ; malheureusement il n'avait pas assez d'imagination pour y réussir.

« Joyeuses fêtes de Noël, mon oncle ! Dieu vous protège ! s'écria une voix avec l'accent de la gaîté. Et c'était la voix du neveu de Scrooge, survenu si brusquement qu'il donnait le premier avis de son approche.

– Bah ! répondit Scrooge, bêtise ! »

Il était tellement échauffé dans sa marche rapide par un pareil temps de froid et de brouillard, ce neveu de Scrooge, qu'il en était tout rouge : d'autant plus qu'il avait naturellement le teint coloré ; ses yeux étincelèrent, et sa respiration se soulagea par une bouffée de vapeur.

« Noël, une bêtise, mon oncle ! s'écria le neveu de Scrooge. Vous ne voulez pas dire cela !

– Je le dis, répliqua Scrooge : un joyeux Noël ! De quel droit seriez-vous joyeux ? quelle raison avez-vous d'être joyeux ? vous êtes assez pauvre comme cela !

– Allons, allons ! dit le neveu avec bonne humeur. Mais alors de quel droit seriez-vous triste ? quelle raison avez-vous d'être morose ? vous êtes assez riche comme cela ! »

Scrooge, faute d'une meilleure réponse pour le moment, répéta : « Bah ! bah ! et il ajouta encore : Bêtise !

« Ne soyez pas de mauvaise humeur, mon oncle, dit le neveu.

– Que serais-je donc, répliqua l'oncle, lorsque je vis dans un monde de fous tel que celui-ci ? Vous êtes curieux avec vos joyeux Noëls : qu'est pour vous l'époque de Noël, sinon un temps d'échéance sans argent, un temps pour vous retrouver d'une année plus vieux et pas plus riche d'une heure, un temps pour balancer vos livres et voir tourner contre vous douze mois encore écoulés sans profit ? Si j'étais le maître, ajouta Scrooge d'un accent indigné, tout imbécile qui vous arrive un joyeux Noël sur les lèvres, irait bouillir avec son propre pouding et se faire enterrer avec une branche de houx à travers le cœur… oui, vraiment !

– Mon oncle ! dit le neveu d'un air suppliant.

– Mon neveu, reprit l'oncle d'un air sévère, faites Noël comme il vous plaira, et laissez-moi le faire à ma manière.

– Le faire ! Mais vous ne le faites pas, mon oncle !

– Laissez-moi donc le défaire, dit Scrooge impatienté ; et grand bien Noël vous fasse. Il vous a toujours fait beaucoup de bien, n'est-ce pas ?

– Il est maintes choses dont j'aurais pu retirer quelque bien et dont je n'ai pas profité, je le confesse, répondit le neveu ; et Noël entre autres. Mais je suis sûr d'avoir au moins toujours regardé Noël, chaque fois qu'il est revenu, et à part le respect dû à son nom sacré comme à sa sainte origine, si on peut séparer ces choses de Noël… oui, j'ai toujours regardé Noël comme un heureux temps, un temps de bienveillance, de pardon, de charité, de bonnes relations ; le seul temps que je sache dans le long calendrier de l'année où hommes et femmes semblent, d'un consentement unanime, ouvrir leurs cœurs et penser aux pauvres gens placés audessous d'eux, comme à des compagnons de voyage de cette vie à l'autre, ce qu'ils sont en effet, et non une autre race de créatures se rendant à un autre but. Et par ainsi, mon oncle, quoique Noël ne m'ait jamais mis une monnaie d'or ou d'argent dans la poche, je crois que Noël m'a fait du bien et me fera du bien. Je dis donc : Dieu bénisse Noël ! »

Le commis dans sa niche applaudit involontairement à cette conclusion ; mais s'apercevant aussitôt qu'il venait de lui échapper une inconvenance, il voulut tisonner le feu et éteignit la dernière étincelle.

« Que j'entende une autre parole sortir de votre bouche, lui dit Scrooge, et vous ferez Noël en perdant votre place. – Vous êtes un éloquent orateur, monsieur mon neveu, ajouta-t-il en se retournant vers celui-ci ; je suis étonné que vous n'entriez pas au Parlement.

– Allons, ne vous fâchez pas, mon oncle ; venez demain dîner avec nous. »

Scrooge répondit qu'il le verrait plutôt… oui, il le dit, il ne craignit pas de dire qu'il le verrait plutôt au diable…

« Mais pourquoi ? s'écria le neveu de Scrooge, pourquoi ?

– Pourquoi vous êtes – vous marié ? demanda Scrooge.

– Parce que j'étais amoureux.

– Parce que vous étiez amoureux… oh ! oh ! grommela Scrooge, comme s'il venait d'entendre dire une chose encore plus ridicule que joyeux Noël ! Bonsoir, mon neveu !

– Mais, mon oncle, vous ne veniez jamais chez moi avant cela : pourquoi prétendre que c'est pour cette raison que vous ne venez pas à présent ?

– Bonsoir, mon neveu !

– Je ne veux rien de vous, mon oncle ; je ne vous demande rien. Pourquoi ne serions-nous pas amis ?

– Bonsoir !

– Je suis fâché de vous trouver si absolu dans votre refus. Nous n'avions jamais eu de querelle, par ma faute du moins ; mais j'ai voulu faire cette démarche par respect pour Noël, et je conserverai jusqu'à la fin ma bonne humeur de Noël : ainsi donc je vous souhaite une bonne fête de Noël, mon oncle !

– Bonsoir !

– Et une bonne année !

– Bonsoir ! » répéta Scrooge.

Le neveu sortit sans le moindre mot de récrimination ; il s'arrêta dans l'autre pièce pour faire ses souhaits de Noël et de bonne année au commis, qui, moins froid que Scrooge, malgré le feu éteint, les lui rendit cordialement.

« En voilà encore un autre ! murmura Scrooge, qui les entendit. Mon commis avec quinze schellings par semaine, une femme et des enfants, parlant de joyeux Noël ! Je me retirerai à Bedlam. »

Ce commis, traité de fou, avait, en accompagnant le neveu de Scrooge à la porte, introduit deux autres personnes. C'étaient deux messieurs de bonne mine, agréables de physionomie, qui se tenaient la tête découverte dans le comptoir de Scrooge et avaient à la main des registres et des papiers.

« Scrooge et Marley, je pense ? demanda un de ces deux messieurs en consultant sa liste, après avoir salué. Ai-je le plaisir de parler à monsieur Scrooge ou à monsieur Marley ?

– Il y a sept ans que monsieur Marley est mort, répondit Scrooge : oui, il y a ce soir juste sept ans qu'il est mort.

– Nous ne doutons pas que sa générosité ne soit bien représentée par l'associé qui lui survit, » dit le monsieur en montrant la liste d'une quête.

Oui, certainement, il avait raison, l'un valait l'autre : au mot significatif de générosité, Scrooge fronça le sourcil et hocha la tête.

« Dans cette époque de fête annuelle, monsieur Scrooge, dit le monsieur à la liste en prenant une plume, il est bien juste que nous fassions la part des pauvres et des malheureux : ils souffrent beaucoup en ce moment. Il en est des milliers qui manquent des choses les plus nécessaires, oui, monsieur, des centaines de milliers privés de tout.

– N'y a-t-il pas des prisons ? demanda Scrooge.

– Des prisons ; oh ! en grand nombre, dit le monsieur en laissant retomber la plume.

– Et les maisons de travail forcé, les Unions, comme on les appelle, fonctionnent-elles toujours ?

– Toujours, oui, toujours, reprit l'autre, et je voudrais répondre non.

– Le moulin à pied et la loi des pauvres sont donc en activité ?

– Oh ! en très-grande activité, monsieur.

– Tant mieux ; vous m'avez fait peur : en entendant vos premières paroles, j'avais craint, dit Scrooge, qu'il ne fût survenu quelque chose qui en suspendrait l'utile efficacité ; je suis charmé d'apprendre le contraire.

– Dans la persuasion que ces moyens ne suffiraient guère pour soulager chrétiennement les peines de la multitude, reprit le quêteur, quelques-uns d'entre nous s'efforcent de réaliser une collecte pour acheter aux pauvres quelques aliments et du combustible. Nous choisissons ce temps de l'année parce que c'est celui de tous où le besoin se fait le plus vivement sentir et celui où l'abondance se réjouit. Pour combien vous inscrirai-je ?

– Pour rien, reprit Scrooge,

– Vous voulez rester anonyme ?

– Je veux qu'on me laisse tranquille, dit Scrooge ; puisque vous me demandez ce que je veux, messieurs, telle est ma réponse. Je ne me réjouis pas à Noël et je ne puis fournir aux autres les moyens de se réjouir ; je contribue à l'entretien des établissements que j'ai mentionnés : ils coûtent assez cher, et ceux qui ne se trouvent pas bien n'y étant pas, n'ont qu'à y aller.

– Plusieurs ne le peuvent et plusieurs aimeraient mieux mourir.

– S'ils aiment mieux mourir, ils feraient bien de prendre ce parti et de diminuer le superflu de la population. D'ailleurs… excusez-moi… j'ignore cela.

– Vous pourriez le savoir.

– Ce ne sont pas mes affaires, répliqua Scrooge ; c'est assez pour un homme de connaître les siennes sans se mêler de celles des autres : les miennes m'occupent constamment. Bonsoir, messieurs. »

Voyant clairement qu'ils perdaient leurs paroles, ces messieurs s'éloignèrent. Scrooge reprit son travail, très-content de lui-même et se sentant même disposé à la facétie.

Cependant le brouillard et les ténèbres s'épaississaient tellement que des hommes parcouraient les rues avec des torches, offrant leurs services aux cochers pour précéder les chevaux et les guider jusque chez eux. L'antique tour d'une église gothique, que Scrooge apercevait par une ouverture de son comptoir, devint invisible, et elle sonnait les heures, les demies et les quarts dans les nuages, avec une vibration tremblante qui eût pu faire croire que cette voix du temps s'échappait à travers une tête dont le froid faisait claquer les dents d'airain. Dans la principale rue du quartier, des ouvriers employés à réparer les tuyaux du gaz avaient allumé un grand brasier autour duquel se pressait une foule de pauvres et d'enfants déguenillés, se réchauffant les mains et clignant des yeux avec délices. La gouttière de la fontaine publique, obstruée par un glaçon, ne laissait plus tomber une goutte d'eau, et l'éclat lumineux des boutiques, ou les feuilles de houx et de buis craquaient près des lampes, jetait des reflets rouges sur les pâles figures des passants. Les étalages des marchands de comestibles et des épiciers avaient une splendeur qui écartait toute idée prosaïque de vente et d'achat ; c'était une décoration de fête. Non-seulement le lord-maire, du fond de son hôtel municipal, donnait des ordres à ses cinquante cuisiniers et sommeliers pour solenniser Noël d'une manière digne de la table d'un lord-maire, mais aussi le petit tailleur, mis à l'amende de cinq schellings la semaine d'auparavant pour avoir été ramassé ivre dans la rue, songeait au pouding du lendemain, dans son galetas, et envoyait sa femme avec son marmot chez le boucher.

Le brouillard de croître ; le froid de devenir de plus en plus vif, de plus en plus aigre et pénétrant. Si le bon Saint Dunstan avait pincé le nez du diable avec un froid aussi mordant, au lieu de se servir de son élément familier, le diable aurait pu crier en conscience. Le propriétaire d'un jeune nez pointu s'arrêta en grelottant devant la porte de Scrooge pour le régaler d'une ballade de Noël ; mais au premier vers d'introduction :

God bless you, merry gentleman !
– Dieu vous bénisse, joyeux monsieur !

Scrooge saisit la règle sur son pupitre avec un geste si énergique, que le chanteur à demi congelé se mit à fuir avec terreur, abandonnant le trou de la serrure au brouillard et au froid.

Enfin l'heure de fermer le comptoir arriva. Avec un air mécontent, Scrooge descendit de son escabelle, et le commis, soufflant sa chandelle, mit son chapeau sur la tête, voyant que le maître consentait tacitement à son départ.

« Vous prendrez toute la journée de demain, je suppose ? lui demanda Scrooge.

– Si cela vous convient, monsieur.

– Cela me convient peu, et ce n'est nullement juste, dit Scrooge ; si je vous retenais une demi-couronne sur vos appointements pour ce jour-là, vous vous plaindriez, j'en suis certain ? »

Le commis sourit d'un demi-sourire. « Et cependant, continua Scrooge, vous ne pensez pas que je doive me plaindre lorsque je vous paye un jour de salaire pour ne rien faire du tout. -»

Le commis hasarda la remarque que cela n'arrivait qu'une fois l'an.

« Triste excuse pour mettre à contribution la poche d'un homme toutes les fois que revient le 25 décembre, dit Scrooge, boutonnant sa redingote jusqu'au menton ; mais je suppose qu'il vous faut tout le jour ; soyez du moins ici de meilleure heure après-demain matin. »

Le commis le promit, et Scrooge sortit non sans un grognement. Le comptoir fut fermé en un clin-d'œil, et le commis ayant croisé les deux bouts de son long cache-nez blanc, qui ondulèrent jusque sur son gilet (car il n'avait pas de redingote), se dirigea vers Cornhill, d'où il gagna en courant son domicile de Camden-Town.

Scrooge fit son triste dîner dans sa triste taverne d'usage. Ayant lu tous les journaux et abrégé le reste de la soirée en examinant son carnet d'échéances, il rentra chez lui pour se coucher. Il habitait un appartement où avait vécu jadis son associé défunt ; c'était une enfilade de sombres pièces dans un bâtiment solitaire qu'on eût dit oublié au fond d'une cour, vieille maison où personne ne couchait que Scrooge ; tous les autres appartements étaient des bureaux, des comptoirs ou des magasins. La cour était si obscure que Scrooge lui-même, qui en connaissait tous les pavés, fut obligé de s'y diriger en tâtonnant. Le brouillard et les frimats enveloppaient tellement la porte principale, qu'il semblait que le génie de l'hiver lui-même méditait sur le seuil.

Or, le fait est qu'il n'y avait rien de particulier au marteau de la porte, excepté que c'était un très-gros marteau ; le fait est encore que Scrooge avait vu et revu, soir et matin, ce marteau depuis qu'il habitait la maison. Enfin Scrooge avait en lui aussi peu de cette faculté appelée imagination qu'aucun marchand de la cité de Londres, en y comprenant – ce qui est beaucoup dire – la corporation, les aldermen et les électeurs municipaux. Qu'on n'oublie pas que Scrooge n'avait pas pensé une seule fois à Marley depuis qu'il avait, dans l'après-midi, mentionné sa mort, arrivée depuis sept ans ; et cependant, m'explique qui le pourra comment il se fit que Scrooge, en mettant la clé dans le trou de la serrure, vit dans le marteau, sans aucun procédé intermédiaire de transformation, non plus un marteau, mais le visage de Marley.

Le visage de Marley ! ce n'était plus une ombre impénétrable, semblable aux autres objets dans la cour ; il y avait autour de ce point sombre une lugubre lumière, comme en projetterait un homard furieux dans une noire cave. Rien qui annonçât la colère ou la férocité ; mais ce visage regardait Scrooge comme Marley regardait d'habitude, avec des lunettes de spectre sur son nez de spectre. Les cheveux étaient curieusement soulevés, comme par un souffle ou une chaude vapeur ; et quoique les yeux fussent ouverts, ils restaient complètement immobiles. Ce regard et sa couleur livide le rendaient horrible, mais d'une horreur qui semblait exister en dehors de la physionomie et malgré elle, plutôt que faire partie de son expression.

Lorsque Scrooge put regarder fixement ce phénomène, le marteau redevint marteau.

Dire que Scrooge ne tressaillit pas, ou que son sang n'eut pas la conscience d'une sensation terrible à laquelle il était étranger depuis l'enfance, ce serait trahir la vérité ; mais il remit la main sur la clé qu'il avait abandonnée d'abord, la tourna brusquement, ouvrit, entra et alluma sa chandelle.

Il fit halte avec une courte irrésolution avant de refermer la porte, regarda prudemment derrière lui, comme s'il se fût attendu à revoir dans le vestibule l'image de Marley ; mais il ne vit rien contre la porte, rien… excepté les écrous qui y attachaient le marteau ; il prononça donc l'exclamation : « Bah ! bah ! » et la repoussa violemment.

Le bruit retentit dans la maison comme l'écho d'un tonnerre ; chaque chambre au-dessus, chaque barrique au-dessous, dans la cave du marchand de vin, parurent douées d'un écho à part. Scrooge n'était pas homme à se laisser effrayer par des échos ; il tira les verrous, franchit le vestibule et gravit l'escalier lentement et mouchant sa chandelle en chemin.

Dans l'escalier, assez large pour y laisser passer une voiture, il se crut précédé d'un corbillard ; mais cette nouvelle vision disparut bientôt, et Scrooge monta, sans broncher, toutes les marches. Avant de fermer la porte de sa chambre, il parcourut son appartement par un reste d'inquiétude après ce qu'il avait vu ou cru voir : tout était en règle, toutes les pièces en ordre ; rien sous la table, personne sous le sofa ni sous le lit, personne dans la robe de chambre suspendue avec une attitude suspecte contre la muraille. Un petit feu brûlait dans la grille de la chambre à coucher, avec un poêlon de gruau (Scrooge était enrhumé) sur le guéridon, la tasse et la cuillère. Satisfait en tous points, Scrooge s'enferma… à double tour, ce qui n'était pas sa coutume. Ainsi en sûreté contre une surprise, il ôta sa cravate, se mit en robe de chambre, en pantoufles et en bonnet de nuit, puis il s'assit devant le feu pour prendre sa tisane.

C'était un petit feu, en vérité, un bien petit feu pour une nuit si froide. Scrooge fut obligé de s'en rapprocher le plus possible, de le couver en quelque sorte avant d'en pouvoir extraire la moindre sensation de chaleur. Le foyer était un travail antique, foyer construit par quelque marchand hollandais, et incrusté tout autour de carreaux de faïence, espèce de mosaïque destinée à reproduire des scènes de l'Écriture. On y admirait des Caïn et des Abel, des filles de Pharaon, des reines de Saba, des messagers angéliques descendant du ciel sur des nuages semblables à des lits de plume, des Balthazar, des Abraham, des apôtres s'embarquant dans des bateaux plats, des centaines de figures qui auraient dû occuper la pensée de Scrooge ; et cependant le visage de Marley, mort depuis sept ans, vint comme la baguette du prophète, et dévora le tout : sur chaque carreau de porcelaine son imagination aurait pu réaliser une copie de ce visage du vieux Marley. « Bêtise ! » dit Scrooge en se levant pour se promener dans la chambre.

Après avoir fait plusieurs tours, il s'assit de nouveau. En renversant la tête sur sa chaise, son regard s'arrêta sur une sonnette, une sonnette hors de service, qui communiquait pour quelque usage depuis longtemps oublié, avec une chambre de l'étage au-dessus. Ce fut avec un grand étonnement, avec une étrange et inexplicable terreur qu'il vit que cette sonnette commençait à se balancer : elle se balança d'abord si doucement qu'il en sortait à peine un son ; mais peu à peu elle s'agita et retentit en réveillant toutes les sonnettes de la maison, qui lui répondirent.

Cela dura peut-être trente secondes, tout au plus une minute ; mais cette minute lui parut une heure. Toutes les sonnettes se turent à la fois ; à leur tintement succéda un cliquetis de ferraille qui partait d'en bas, comme si quelqu'un traînait une chaîne sur les barriques de la cave du marchand de vin. Scrooge se souvint alors qu'il avait ouï dire que les revenants traînaient toujours des chaînes.

La porte de la cave s'ouvrit avec un retentissement éclatant, et Scrooge entendit le bruit sinistre de plus en plus fort ; puis il reconnut que ce bruit montait et se dirigeait sur sa porte.

« Bêtise encore ! dit Scrooge ; je ne veux pas y croire. »

Il pâlit cependant, lorsque tout-à-coup la cause de tout ce bruit passa à travers la porte et se présenta à ses yeux. A cet aspect la flamme mourante jeta une bouffée hors de la cheminée et retomba, comme si le feu aussi reconnaissait le spectre de Marley.

Car c'était lui ; c'était Marley lui-même, avec sa queue, son gilet habituel, ses pantalons collants, ses bottes à glands de soie, qui se hérissaient comme l'extrémité de sa queue, et comme les cheveux sur ses oreilles. La chaîne qu'il traînait lui entourait la ceinture ; elle était longue et traçait des ondulations inégales comme les replis d'un serpent. Scrooge, en l'observant avec attention, vit que ses anneaux se composaient de petits coffres-forts, de clés, de cadenas, de registres et de bourses ; le tout en fer. Le corps de Marley était transparent, si bien que Scrooge put apercevoir à travers son gilet les deux boutons de la taille de son habit.

Scrooge avait souvent ouï dire que Marley n'avait pas d'entrailles ; il ne l'avait jamais cru jusque-là.

Non, non, il ne le croyait pas même encore, quoique le fantôme fût là devant lui ; quoiqu'il sentît l'influence de ses yeux glacés par la mort ; quoiqu'il examinât jusqu'au tissu du mouchoir qui lui entourait la tête et le menton… Il était encore incrédule et doutait de ses sens.

« Eh bien, voyons ! dit Scrooge, caustique et indifférent comme toujours ; que désirez-vous de moi ?

– Beaucoup de choses. » C'était bien la voix de Marley.

« Qui êtes-vous ?

– Demandez-moi qui j'étais.

– Qui étiez-vous donc ? demanda Scrooge élevant la voix, puisque vous êtes si pointilleux.

– Dans ce monde, j'étais votre associé, Jacob Marley.

– Pouvez-vous… pouvez-vous vous asseoir ? poursuivit Scrooge avec un air de doute.

– Je le puis.

– Faites-le donc. »

Scrooge lui avait adressé cette question, parce qu'il ne savait pas si un fantôme si transparent pourrait se trouver en état de prendre une chaise, et il sentait que, dans la négative, il en résulterait la nécessité d'une explication embarrassante ; mais le fantôme s'assit de l'autre côté de la cheminée, comme s'il faisait une chose à laquelle il était tout-à-fait habitué.

« Vous ne croyez pas en moi, remarqua le fantôme.

– Non, répondit Scrooge.

– Quel témoignage de ma réalité voudriez-vous plus fort que celui de vos sens ?

– Je ne sais, dit Scrooge.

– Pourquoi doutez-vous de vos sens ?

– Parce que, répondit Scrooge, peu de chose les affecte ; une légère indisposition de l'estomac les rend trompeurs. Vous pouvez être le produit d'une tranche de bœuf indigérée, d'un grain de moutarde, d'un morceau de fromage, d'une pomme de terre mal cuite. »

Scrooge cherchait à faire le plaisant et l'esprit fort ; c'était un double moyen de distraction ; car la voix du sceptre l'avait troublé jusque dans la moelle de ses os.

Rester en silence en présence de ces yeux vitreux fixés sur les siens était une épreuve trop pénible. Il y avait aussi quelque chose de très-imposant dans cette atmosphère infernale que le spectre portait avec lui : Scrooge ne pouvait la sentir lui-même ; mais l'effet en était évident, car quoique le spectre fût parfaitement immobile sur son siège, sa chevelure, les pans de son habit et les glands de ses bottes étaient continuellement agités comme par la brûlante vapeur exhalée d'un four.

« Vous voyez ce cure-dents, continua Scrooge, cherchant un bon mot par la raison que nous en avons donnée, et désirant aussi détourner, ne fût-ce qu'un moment, le regard de marbre fixé sur lui.

— Je le vois, répondit le spectre.

— Vous ne le regardez pas, répliqua Scrooge.

— Je le vois cependant, dit le spectre.

— Eh bien, reprit Scrooge, je n'ai qu'à l'avaler pour être persécuté pendant le reste de mes jours par une légion de revenants, tous de ma création. Bêtise, vous dis-je ! bêtise ! »

À ce mot, le spectre poussa un cri effrayant et secoua sa chaîne avec un bruit si lugubre et si terrible, que Scrooge se raidit et se cramponna à sa chaise, de peur de s'évanouir ; mais combien augmenta son horreur, lorsque le spectre, ôtant le bandage de sa tête, comme si c'était une coiffure trop chaude dans une chambre, sa mâchoire eut l'air de se détacher, et retomba sur sa poitrine.

Scrooge s'agenouilla et joignit les mains sur ses yeux.

« Grâce ! dit-il, épouvantable apparition ; pourquoi me persécutez-vous ?

— Homme à l'âme mondaine, répondit le spectre, crois-tu en moi, ou n'y crois-tu pas ?

— J'y crois, il le faut bien. Mais pourquoi les esprits parcourent-ils la terre, et pourquoi viennent-ils à moi ?

— Le ciel veut, répondit le spectre, que l'âme de tout homme se répande parmi ses semblables et dans le cercle le plus étendu ; si l'âme ne le fait pas dans la vie, elle est condamnée à le faire après la mort. Il faut qu'elle erre sur la terre, – hélas ! hélas ! et qu'elle y voie trop tard tout ce dont elle aurait pu profiter pour son bonheur. »

Ici le spectre poussa encore un cri, secoua sa chaîne et tordit ses mains de spectre.

« Vous êtes enchaîné, dit Scrooge tout tremblant, apprenez-moi pourquoi.

– Je porte la chaîne que je me suis forgée dans la vie, répondit le spectre ; je me la suis forgée anneau par anneau et toise par toise ; je m'en suis entouré la ceinture de ma propre volonté, et je l'ai portée de mon plein gré. Est-ce que le modèle vous en paraît étrange ? »

Scrooge tremblait de plus en plus.

« Ou serait-ce, poursuivit le spectre, que vous voudriez savoir le poids et la longueur de celle que vous portez vous-même ? elle était aussi lourde et aussi longue que celle-ci, il y a sept Noëls aujourd'hui ; vous y avez travaillé depuis : c'est une fameuse chaîne ! »

Scrooge regarda autour de lui sur le plancher, s'attendant à se voir entouré de cinquante ou soixante toises au moins de câble de fer : il ne vit rien.

« Jacob, dit-il d'un ton suppliant, mon vieux Jacob Marley, parlez-moi, parlez-moi pour me consoler, Jacob !

– Je n'ai pas de consolation à vous donner, répliqua le spectre ; la consolation vient d'une autre région, Ebenezer Scrooge, et elle est apportée par d'autres messagers à une autre espèce d'hommes. Je ne puis même vous dire tout ce que je voudrais ; il ne m'est permis que d'ajouter peu de chose : je ne puis demeurer, je ne puis m'arrêter ; je ne le puis nulle part. Écoutez-moi bien : pendant la vie, mon esprit ne sortit jamais des étroites limites de notre comptoir de banque, et j'ai dedevant moi de longs, de pénibles voyages. »

C'était une habitude de Scrooge, chaque fois qu'il devenait pensif, d'enfoncer ses mains dans les goussets de son pantalon : il le fit encore, en méditant ce que le spectre avait dit, mais sans lever les yeux, et en restant à genoux.

« Vous devez avoir marché bien lentement, Jacob, observa Scrooge d'un air d'un homme d'affaires, quoique avec déférence et humilité.

– Lentement ! répéta le spectre.

– Mort depuis sept ans, se dit Scrooge, et tout ce temps-là en route.

– Oui, tout ce temps ! dit le spectre, pas de repos, pas de paix, et l'incessante torture du remords.

– Vous voyagez vite ? demanda Scrooge.

– Sur les ailes du vent, répliqua le spectre.

– Vous devez avoir bien vu du pays en sept ans ? »

En entendant ces paroles de Scrooge, le spectre poussa un autre cri et secoua sa chaîne si horriblement dans le silence de la nuit, que la police aurait pu avec raison lui faire un procès pour troubler la paix publique.

« Ah ! être captif, enchaîné, chargé de fers, s'écria le fantôme, et ne pas savoir que des siècles se confondront avec l'éternité avant que le bien dont cette terre est susceptible soit entièrement développé ; ne pas savoir que toute âme chrétienne, travaillant charitablement dans sa petite sphère quelle qu'elle soit, trouvera sa vie mortelle trop courte pour les vastes moyens d'utilité dont elle était dotée ; ne pas savoir qu'aucun regret ne peut racheter les occasions perdues de la vie… Cependant voilà ce que j'étais ; oui, j'étais ainsi !

– Mais vous fûtes toujours un homme habile en affaires, Jacob, bégaya Scrooge, qui commençait à s'appliquer cette dernière tirade.

– En affaires ! s'écria le spectre, se tordant de nouveau les mains ; je n'avais d'affaires que mon affaire d'homme. Le salut de l'humanité était mon affaire ; la charité, la miséricorde, la tolérance et la bienveillance, c'était là mon affaire ; les opérations de mon commerce n'étaient que la goutte d'eau dans l'immense océan de mon affaire. »

Le spectre releva sa chaîne à la hauteur de son bras, comme si c'était la cause de toute sa désolation, et puis il la rejeta lourdement à terre.

« À cette époque de l'année, continua le spectre, je souffre davantage. Ah !… pourquoi me promener à travers la foule de mes semblables avec les yeux baissés, au lieu de les relever vers cette étoile bénie qui conduisit les sages à une humble demeure ? N'y avait-il donc pas de maison pauvre où sa lumière m'aurait conduit ? »

Scrooge était très-affligé d'entendre le spectre se lamenter ainsi sur le passé, et frémissait en l'écoutant.

« Écoutez-moi, lui cria le spectre, mon temps va expirer.

– J'écoute, dit Scrooge ; mais ne soyez pas trop dur pour moi, Jacob : abrégez un peu, je vous prie.

– Comment il se fait que je parais devant vous sous cette forme visible, c'est ce que je ne puis dire : je me suis assis invisible à côté de vous mainte et mainte fois. »

Ce n'était pas une idée agréable. Scrooge frissonna et essuya la sueur froide de son front.

« Ce n'est pas la moindre amertume de ma pénitence, continua le spectre ; je suis venu ici ce soir pour vous prévenir que vous avez encore une chance et un espoir d'échapper à ma destinée. C'est une chance et un espoir que vous me devrez, Ebenezer.

– Vous fûtes toujours un excellent ami ; je vous remercie, Jacob.

– Vous verrez apparaître trois esprits, » dit le spectre.

Scrooge crut que sa mâchoire allait tomber aussi bas que celle du spectre.

« Est-ce là cette chance, cet espoir dont vous voulez parler, Jacob ? demanda-t-il en bégayant.

– Oui.

– Je… je crois que je m'en passerais volontiers.

– Sans ces trois visites, dit le spectre, vous ne pouvez espérer d'éviter le chemin où je marche. Attendez la première demain matin quand l'horloge sonnera une heure.

– Ne pourrais-je les recevoir toutes les trois à la fois, et que tout fût fini, Jacob ?

– Attendez la seconde la nuit d'après à la même heure, et la troisième l'autre nuit, quand le dernier coup de minuit aura cessé de vibrer. Vous ne me reverrez plus, moi, et ayez soin pour votre bien de ne pas oublier ce qui s'est passé entre nous. »

À ces derniers mots, le spectre prit son mouchoir sur la table et se banda la tête comme auparavant. Scrooge le comprit par le claquement des dents qui se rencontrèrent par l'effet du bandage. Il essaya de lever les yeux et trouva son visiteur surnaturel qui le regardait en face avec les anneaux de sa chaîne entortillés autour de son bras.

L'apparition s'éloigna à reculons, et à chaque pas qu'elle faisait, la fenêtre se relevait un peu, de manière que lorsque le spectre fut à côté, elle était toute grande ouverte. Il fit signe à Scrooge d'approcher, ce qu'il fit. Dès qu'ils furent à deux pas l'un de l'autre, le spectre lui intima par un geste de ne pas venir plus loin. Scrooge s'arrêta.

Il s'arrêta... bien moins par obéissance que par surprise et peur ; car, au moment où le spectre levait la main, il entendit des bruits confus dans l'air, des sons incohérents de lamentations et de regrets, des doléances plaintives, des voix qui s'accusaient. Le spectre au bout d'un moment d'attention se joignit à ce chœur de désolation et s'envola sur les vapeurs noires de la nuit.

Scrooge fit deux pas de plus vers la fenêtre, et, avec une curiosité désespérée, il regarda.

L'air était rempli de fantômes errants çà et là, avec l'inquiétude d'âmes en peine et se lamentant. Chacun traînait une chaîne comme le spectre de Marley. Quelques-uns (ce pouvait être un ministère coupable) étaient enchaînés ensemble ; aucun n'était libre. Plusieurs avaient été pendant leur vie connus de Scrooge personnellement. Il avait été intime avec un vieux fantôme en gilet blanc, traînant un monstrueux ferrement de sûreté rivé à sa cheville et qui criait piteusement de ne pouvoir assister une malheureuse avec son enfant qu'il voyait au-dessous de lui sur le seuil d'une porte. Le tourment de tous ces spectres était de chercher à intervenir pour faire le bien dans les affaires humaines et d'avoir perdu le pouvoir de le faire.

Soit que ces images s'évanouissent dans le brouillard, soit que le brouillard les enveloppât, ce dont Scrooge ne put se rendre raison, elles disparurent, et l'écho ne répéta plus leurs voix de spectre.

Scrooge ferma la croisée et examina la porte par laquelle le spectre était entré. Elle était toujours fermée à double tour, ainsi qu'il l'avait fermée lui-même. Les verrous étaient en place. Il fit un effort pour dire : « Bêtise ! » mais ne put articuler que la première syllabe. L'émotion qu'il avait subie, les fatigues de la journée, sa vision du monde invisible, la peu récréative conversation du spectre et l'heure avancée, tout lui faisait un besoin du repos. Il alla tout droit se coucher sans se déshabiller, et s'endormit à l'instant même.

II

LE PREMIER DES TROIS ESPRITS.

Lorsque Scrooge se réveilla, il faisait si noir, qu'en promenant ses yeux de furet hors de son lit, il pouvait à peine distinguer la fenêtre transparente des murs opaques de la chambre. Au milieu de ces ténèbres impénétrables, l'horloge d'une église voisine sonna les quatre avant-quart : Scrooge écouta pour savoir l'heure : à son grand étonnement, la cloche tinta une fois, deux, trois, quatre, et ainsi de suite régulièrement jusqu'à douze. Était-ce minuit ou midi ?... Il était plus de deux heures quand il s'était couché. L'horloge avait tort ; un glaçon devait s'être introduit dans la sonnerie. – Scrooge toucha le ressort de sa montre à répétition... Un, deux, trois, quatre, etc., jusqu'à douze, comme l'horloge.

« Il n'est pas possible, se dit Scrooge, que j'aie dormi tout un jour et une partie d'une seconde nuit. Serait-il arrivé quelque chose au soleil ? » Il courut à sa fenêtre, essuya la vapeur glacée des vitres ; mais tout ce qu'il put voir, c'est que le brouillard était toujours très-dense et très-froid… « Allons, il est minuit et le jour reviendra… car, sans lui, que ferais-je de mes lettres de change payables à vue… autant vaudrait des mandats sur la banque des États-Unis. »

Scrooge retourna à son lit, et il reprit le cours de ses réflexions. Plus il pensait, plus il était embarrassé, et plus embarrassé il était, plus il pensait encore. Le spectre de Marley le troublait extraordinairement… « N'était-ce qu'un rêve ?… oh ! oui, c'est un rêve !… » Et cependant il avait beau répéter ces mots, le problème se représentait à son esprit toujours le même et toujours insoluble.

Scrooge demeura dans cet état jusqu'à ce que l'horloge sonnât trois quarts, et il se ressouvint alors que le spectre l'avait prévenu d'une visite au coup d'une heure. Il résolut d'attendre, éveillé, que l'heure fût passée : que pouvait-il faire de plus sage, considérant qu'il lui était impossible de se rendormir ?

Les quinze minutes lui parurent si longues qu'il croyait être retombé dans un somme… enfin l'horloge va sonner. – Ding, dong ! – C'est le quart, dit Scrooge en comptant. – Ding, dong ! – c'est la demi. – Ding, doug ! – les trois quarts. – Ding, dong ! – ah ! c'est l'heure, s'écria Scrooge ravi ; – c'est l'heure, et rien !

C'est ainsi qu'il triomphait pendant les sons d'avant-quart ; mais quand la cloche lui eut lancé la note profonde, sombre et mélancolique : une heure ! une lueur illumina au même instant la chambre, et les rideaux du lit s'ouvrirent.

Les rideaux du lit s'ouvrirent, vous dis-je, tirés par une autre main que la sienne, non pas les rideaux derrière lui, mais ceux du côté où il tournait la tête. Scrooge, tressaillant, s'assit contre le traversin, se trouvant face à face avec son visiteur surnaturel... face à face et aussi près que je le suis de vous, lecteur, moi qui me tiens debout, en esprit, à votre coude.

C'était une étrange figure... comme un enfant ; mais bien moins comme un enfant que comme un vieillard, aperçu au travers de quelque milieu surnaturel qui lui donnait l'air de s'être amoindri jusqu'aux proportions d'un enfant. Ses cheveux, qui flottaient autour de son cou et qui lui descendaient jusqu'au-dessous de la taille, semblaient blanchis par l'âge, et cependant son visage n'avait pas une ride et son teint était de la plus délicate fraîcheur. Ses bras, longs et musclés, armés de larges mains, annonçaient une force peu commune ; ses jambes et ses pieds, d'une forme parfaite, restaient nus comme ses bras et ses mains. Il portait une tunique de la blancheur la plus pure avec un© ceinture d'un beau vert lustré. Sa main tenait une branche de houx, et, en contradiction avec cet emblème hivernal, ses vêtements étaient décorés de fleurs d'été ; mais ce qu'il avait de plus étrange en lui, c'était que du sommet de sa tête jaillissait un brillant jet de lumière qui rendait visible tout ce que je viens de décrire ; – voilà ce qui sans doute explique pourquoi, dans ses moments sombres, il se servait pour chapeau d'un grand éteignoir qu'il avait sous le bras en entrant dans la chambre.

Eh bien ! quelque étrange que cela parût à Scrooge, il remarqua quelque chose de plus étrange encore : les reflets changeants de la ceinture de cet être singulier éclairaient alternativement une partie de son corps plus qu'une autre, de manière à rendre toute la figure plus ou moins distincte et plus ou moins complète en apparence : c'était tantôt un être avec un seul bras, tantôt un être avec une seule jambe, avec deux jambes sans tête, avec une tête sans corps, et les membres ainsi retranchés ne laissaient pas une trace visible dans les ténèbres où ils se fondaient ; puis, par un nouveau prodige, l'apparition redevenait elle-même, aussi complète et aussi distincte que jamais.

« Monsieur, êtes-vous l'Esprit dont la venue m'a été annoncée ? demanda Scrooge.

– Je le suis. »

La voix était douce et si basse qu'on aurait cru ne l'entendre que de loin.

« Qui êtes-vous et qu'êtes-vous ? demanda encore Scrooge.

– Je suis l'Esprit de Noël passé.

– Passé depuis longtemps ? demanda Scrooge en remarquant sa stature de nain.

– Non… votre Noël de l'année dernière. »

Peut-être Scrooge n'aurait pas su expliquer pourquoi si on le lui eût demandé… mais il éprouvait un vif désir de voir l'Esprit coiffé de son chapeau, et il le pria de se couvrir.

« Quoi ! s'écria l'Esprit, voudriez-vous déjà éteindre par des mains mondaines la lumière que je donne ? N'est-ce pas assez que vous soyez un de ceux dont les passions ont fait ce chapeau, sans vouloir me forcer à le porter sur mon front pendant des siècles ? »

Scrooge, avec un ton révérencieux, nia toute intention d'offenser son interlocuteur et déclara ignorer qu'il eût jamais coiffé l'Esprit à aucune époque de sa vie. Puis il recueillit son courage pour lui demander ce qui l'amenait.

« Votre bien, répondit l'Esprit.

– Très-obligé, » dit Scrooge, qui ne put s'empêcher de penser qu'il eût préféré une nuit de repos sans interruption ! L'Esprit l'avait sans doute entendu penser ; car il ajouta immédiatement : « C'est votre conversion que je veux dire… attention ! » Et en parlant ainsi, il le saisit doucement par le bras : « Levez-vous et venez avec moi ! »

Vainement Scrooge se serait excusé de cette promenade en objectant la saison et l'heure, la bonne chaleur de son lit, le thermomètre au-dessous de la glace, son costume, sa robe de chambre, son bonnet de nuit, ses pantoufles et son rhume de cerveau ; il n'y avait pas moyen de résister à cette douce étreinte. Il se leva ; mais voyant que l'Esprit se dirigeait vers la fenêtre, il prit une attitude suppliante :

« Je ne suis qu'un mortel, dit-il, et nullement assuré contre une chute.

– Il suffit que ma main vous ait touché le cœur, dit l'Esprit, qui joignit le geste à la parole, et vous n'aurez rien à craindre. » En effet, ils traversèrent ensemble la muraille et se trouvèrent au milieu d'une campagne, loin de la ville : le brouillard avait disparu ainsi que les ténèbres : c'était un beau jour d'hiver avec une neige récemment tombée.

« Bonté du ciel ! dit Scrooge en joignant les mains et regardant autour de lui : J'ai été élevé ici… J'y ai passé mon enfance. »

L'Esprit lui adressa un regard plein de douceur. Et le vieux Scrooge sentit encore sur son cœur l'impression vivifiante de cette main qui l'avait touché tout-à-l'heure ; il lui sembla respirer dans l'air une foule d'odeurs dont chacune était associée à un millier de pensées, d'espérances, de joies et de sentiments oubliés depuis longtemps, bien longtemps !

« Vous tremblez, dit l'Esprit.

– Conduisez-moi où vous voudrez, répondit Scrooge.

– Vous rappelez-vous le chemin ? demanda l'Esprit.

– Si je me le rappelle ? s'écria Scrooge avec sentiment... j'irais les yeux fermés...

– N'est-ce pas étrange que vous l'ayez oublié pendant tant d'années !... Marchons, dit l'Esprit. »

Ils marchèrent ; Scrooge reconnaissant toutes les portes, toutes les bornes, tous les arbres, jusqu'à ce qu'une petite ville leur apparût à distance avec son pont, son église et sa rivière au cours serpentant. Ils aperçurent quelques bidets aux longs crins trottant vers eux avec des enfants sur leur dos, qui appelaient d'autres enfants dans des carrières champêtres, conduites par des fermiers. Tous ces enfants étaient de joyeuse humeur, échangeant entre eux des acclamations et remplissant l'air de la musique bruyante de leur voix.

« Ce ne sont là que les ombres de ce qui a existé, dit l'Esprit ; elles ne nous voient ni ne nous sentent. »

Les gais voyageurs s'approchaient, et Scrooge les reconnut tous en les nommant par leurs noms. Pourquoi leur vue lui causait-elle tant de joie ? pourquoi son œil étincelait-il ? pourquoi son cœur bondissait-il à leur aspect ? pourquoi fut-il si heureux quand il les entendit se souhaiter de joyeux Noëls, quand ils se croisaient aux carrefours et aux chemins qui conduisaient à leurs diverses maisons ? Qu'était donc pour Scrooge un joyeux Noël ? Loin, loin de lui, le joyeux Noël ! quel bien lui avait-il donc jamais fait ?

« L'école n'est pas encore déserte, dit l'Esprit ; un enfant solitaire, négligé de sa famille, y est resté.

– Je le sais, » répondit Scrooge, et il soupira.

Ils quittèrent la grand'route, prirent un sentier bien connu et furent bientôt près d'une maison en briques avec un petit toit en coupole surmonté d'une girouette, sous lequel était une cloche. C'était une grande maison, mais une maison presque en ruines ou qui semblait abandonnée, avec des murailles humides et vertes de mousse, des croisées brisées, des portes délabrées. Des poules caquetaient dans les écuries ; l'herbe croissait dans les remises. L'intérieur répondait à cette désolation extérieure ; l'ameublement était pauvre, et il y avait dans les larges appartements cette odeur particulière qui annonçait que les habitants s'y levaient souvent à la lumière et n'y avaient pas grand'chose à manger.

L'Esprit et Scrooge allèrent frapper à une porte de derrière qui s'ouvrit et leur fit voir une longue et triste salle dont la nudité s'exagérait encore par des rangs de bancs et de pupîtres. À l'un de ces pupîtres, près d'un faible feu, un enfant lisait… Scrooge s'assit sur un banc et pleura en se reconnaissant lui-même comme il avait été autrefois. – Il pleura et pleura encore, avec un véritable soulagement, il est vrai, parce qu'il n'y avait pas un écho dans cette salle (le bruissement des souris derrière les panneaux, la chute de l'eau à demi-gelée dans la cour voisine, le soupir du vent parmi les branches défeuillées d'un vieux peuplier, le battement d'une porte d'armoire vide), qui ne réveillât un souvenir dans son cœur.

L'Esprit lui toucha le bras et lui montra cet enfant, cet autre lui-même, attentif à sa lecture. Tout-à-coup un homme au costume étranger se montra en dehors de la fenêtre avec une cognée attachée à sa ceinture, et conduisant par le licou un âne chargé de bois : « Eh ! c'est Ali Baba, s'écria Scrooge avec extase, c'est le cher et brave Ali Baba ; oui, je le connais bien ! Un jour de Noël, lorsque cet enfant était là, seul, comme aujourd'hui, il vint. Pauvre enfant ! Et Valentin et Orson son frère, les voilà aussi. Et cet autre, quel est donc son nom ? celui qui fut transporté endormi à la porte de Damas ; ne le voyez-vous pas ? Et le palfrenier du sultan culbuté par les génies, le voilà les pieds en l'air ! C'est bien fait, j'en suis fort aise : qu'avait-il besoin d'épouser la princesse ?

Combien ceux qui voyaient tous les jours Scrooge à la Bourse et dans la Cité auraient été surpris de l'entendre se livrer si sérieusement à ce retour sur le passé, moitié riant, moitié pleurant devant toutes ces images évoquées par lui ! « Voilà le perroquet, continua-t-il, avec ses plumes vertes, sa queue jaune et cette touffe semblable à une laitue qui lui couronne la tête ; oui, c'est lui, et il l'appela Robin Crusoé lorsque son maître revint au logis après avoir fait le tour de l'île. « Pauvre Robin Crusoé, où êtes-vous allé, Robin Crusoé ? » Le voyageur crut rêver, mais non, il ne rêvait pas, c'était son perroquet. « Et voici Vendredi ; comme il court ! il y va de la vie, on le voit bien ! Cours, cours, cours plus vite encore, Vendredi ! » Puis Scrooge, avec une rapidité de transition qui était assez extraordinaire dans son caractère habituel, plaignant toujours celui qui lisait là toutes ces merveilles, dit encore une fois : « Pauvre enfant ! » et il pleura.

« Je voudrais... balbutia Scrooge, en mettant la main dans sa poche et regardant autour de lui après s'être essuyé les yeux avec sa manche, je voudrais... mais il est trop tard.

– Qu'est-ce ? demanda l'Esprit.

– Rien, répondit Scrooge, rien. Il y avait hier au soir un enfant qui venait chanter une ballade de Noël à ma porte. J'aurais voulu lui donner quelque chose, voilà tout.

L'Esprit sourit d'un air pensif et fit un geste de la main en disant : Voyons un autre Noël. À ces mots, Scrooge vit grandir son autre lui-même ; la salle devint plus sombre et plus sale ; les panneaux se fendirent, les fenêtres craquèrent, des fragments de plâtre tombèrent du plafond et en firent voir les lattes à découvert. Scrooge ne se rendit pas raison de ce changement à vue, mais il reconnut que tout se passait comme dans la réalité, et qu'il était seul là comme jadis, tous les autres enfants étant allés dans leurs familles passer les saintes vacances. Cette fois il ne lisait plus, mais il se promenait en long et en large avec désespoir. Scrooge regarda l'Esprit, et puis avec un triste hochement de tête il regarda du côté de la porte. Elle s'ouvrit, et une jeune fille, beaucoup plus jeune que l'écolier, entra vivement, l'entoura de ses petits bras et après maint baiser, l'appela son frère, son cher frère, « Je viens vous chercher, mon cher frère, dit-elle, frappant des mains et s'interrompant pour rire ; je viens vous chercher et vous conduire à la maison… à la maison !

– À la maison, petite Fanny ! répéta l'enfant.

– Oui, répliqua la jeune fille toute radieuse ; à la maison et pour tout de bon, pour toujours ! Papa est si radouci maintenant que la maison est comme un paradis ; il me parla si doucement un soir au moment où j'allais me coucher, que je lui demandai encore si vous reviendriez avec nous, et il répondit oui ; puis le lendemain il m'a envoyée avec une voiture pour vous ramener. Vous allez être un homme, ajouta-t-elle, et vous ne retournerez plus ici ; mais d'abord nous allons passer les fêtes de Noël tous ensemble et nous amuser… oui, nous bien amuser !

– Vous êtes devenue une femme, vous, petite Fanny ! » s'écria l'écolier. Elle frappa des mains et se mit à rire, puis elle leva le bras pour tâcher de lui toucher la tête ; mais se trouvant trop petite, elle rit encore et se redressa sur la pointe des pieds pour l'embrasser. Enfin elle commença à l'entraîner vers la porte avec un empressement enfantin, et lui, il se laissait conduire, heureux de la suivre.

Une voix terrible cria dans la salle : « Descendez la malle du jeune M. Scrooge : » alors apparut le maître de pension lui-même, qui daigna regarder le jeune M. Scrooge avec une condescendance farouche, et le troubla en lui secouant la main. Ensuite il l'introduisit avec sa petite sœur dans la salle d'étude la plus froide du monde, où même les mappemondes contre la muraille et les globes terrestres dans l'embrasure des croisées avaient une température glaciale. Là s'étant fait apporter un flacon de vin clair et une grosse galette, il régala le frère et la sœur en les servant lui-même. « Allez, dit-il à un maigre domestique, allez offrir un verre de vin au postillon. » Le postillon fit répondre qu'il le semerciait, mais qu'il préférait ne pas boire si c'était le même vin qu'il avait déjà goûté une autre fois. Pendant ce temps-là on avait attaché la malle sur l'impériale de la chaise de poste : les enfants dirent adieu au maître de pension et montèrent en voiture : ils traversèrent l'allée du jardin, les roues éparpillant les flocons de neige qui recouvraient les sombres feuilles d'une haie d'arbres verts.

« Délicate créature, qu'un souffle aurait flétrie ! dit l'Esprit ; mais quel cœur !

– Oh ! oui, quel cœur ! s'écria Scrooge ; vous avez raison, ce n'est pas moi qui dirai non !

– Elle mourut mère et laissa des enfants, je pense ? dit l'Esprit.

– Un seul, répondit Scrooge.

– En effet, dit l'Esprit... votre neveu. »

Scrooge éprouva un embarras visible, et répondit brièvement : « Oui. »

Il n'y avait qu'un moment que l'Esprit et Scrooge avaient quitté le pensionnat, et ils se trouvaient déjà dans les rues populeuses d'une ville où des ombres de passants allaient et venaient, où des ombres de voitures se disputaient le pavé, où régnait enfin tout le tumulte d'une ville. Il était visible à l'étalage des boutiques que c'était encore Noël, mais c'était le soir, et les rues étaient éclairées.

L'Esprit s'arrêta à une porte de magasin et demanda à Scrooge s'il le reconnaissait.

« Je le crois bien, c'est ici que j'ai fait mon apprentissage. »

Ils entrèrent. À la vue d'un vieillard avec un toupet frisé, assis derrière un grand pupitre, Scrooge s'écria : « Eh ! c'est le vieux Fezziwig ; Dieu le bénisse ! c'est Fezziwig ressuscité ! »

Le vieux Fezziwig déposa sa plume et regarda la pendule qui marquait sept heures ; il se frotta les mains, rajusta son vaste gilet, rit d'un rire de satisfaction et de bienveillance, et cria d'une voix large et grave : « Oh ! oh ! Ebenezer, oh ! Dick ! »

L'autre lui de Scrooge, devenu un jeune homme, accourut accompagné de son camarade d'apprentissage.

« C'est Dick Wilkins, dit Scrooge à l'Esprit. Merci Dieu ! c'est lui ! il m'était très-attaché. Pauvre Dick ! cher ami, va !

– Eh ! mes braves garçons, dit Fezziwig en se frottant les mains, assez travaillé pour aujourd'hui. C'est la veille de Noël, Dick ! la veille de Noël, Ebenezer ! Allons, fermons le magasin. »

Les deux apprentis ne se le firent pas dire deux fois, et ils eurent bientôt mis en place les volets avec les barres de fer.

« Holà ! hé ! s'écria Fezziwig, descendant de son pupitre avec une merveilleuse agilité ; enlevez-moi tout cela et faisons de la place. En avant, Dick ! soyons lestes, Ebenezer ! »

En quelques minutes ces nouveaux ordres furent exécutés. Il s'agissait de déménager les comptoirs, de convertir le magasin en salle de bal. Tout cela se fit, et la salle improvisée fut bientôt magnifiquement éclairée. Vint alors un ménétrier qui s'empara du grand pupitre, en fit un orchestre, s'y installa et se mit à racler. Au bruit de cette musique entra Mrs Fezziwig, toute épanouie par un sourire ; entrèrent les trois miss Fezziwig, radieuses et adorables ; entrèrent les six jeunes prétendants dont elles avaient brisé les cœurs ; entrèrent tous les jeunes gens et toutes les jeunes filles employés au commerce de la maison ; entra la servante avec son cousin le boulanger ; entra la cuisinière avec l'ami intime de son frère, le marchand de lait ; entrèrent enfin quelques déserteurs des maisons voisines, entre autres un apprenti soupçonné d'être mis souvent à la diète par son maître et qui se cachait derrière une servante à qui sa maîtresse avait tiré les oreilles. Ils entrèrent tous les uns après les autres : les uns d'un air honteux, les autres hardiment ; ceux-ci avec grâce, ceux-là avec gaucherie, poussant ou poussés, n'importe, tous admirablement disposés à fêter la Noël, et chacun ayant bientôt trouvé à s'associer en couple avec sa chacune, la contredanse commença et ne fut interrompue que lorsque le vieux Fezziwig, frappant des mains, cria au ménétrier : « C'est bien, mon garçon, et rafraîchissez-vous. » Le ménétrier plongea sa face rouge dans un pot de porter, mais quand il la retira ce fut pour racler encore avec une nouvelle ardeur, et les danseurs de sauter de plus belle !

Après la danse, ou joua aux gages touchés ; puis on dansa encore, et puis l'on servit un énorme biscuit, du negus, de grosses pièces du rôti froid, des pâtés au hachis et de la bierre en abondance. Mais la grande scène de la soirée fut lorsque après le rôti, le ménétrier (le drôle savait son rôle admirablement) fit entendre un air de menuet. Alors s'avança le vieux Fezziwig en personne, pour danser avec Mrs Fezziwig. Il fallait les voir ! quelle vigueur de jarrets, quelle grâce et quel aplomb ! Toutes les figures furent exécutées avec une précision qui excita l'admiration générale.

Quant l'horloge sonna onze heures, ce bal domestique se termina. M. et Mrs Fezziwig allèrent se poster de chaque côté de la porte, et secouant cordialement la main à chacun de leurs hôtes à mesure qu'il défilait, à chacun aussi ils souhaitèrent une bonne fête de Noël. Les deux apprentis reçurent à leur tour, c'est-à-dire les derniers, le souhait cordial, et ils allèrent se mettre dans leurs lits, qui étaient sous un comptoir de l'arrière-boutique.

Pendant tout ce temps, Scrooge avait été comme un homme qui avait perdu la tête. Son cœur et son âme avaient passé dans son autre lui-même : tout à la fête, il retrouvait le passé tout entier, se rappelait les moindres détails, jouissait de tout et subissait la plus singulière agitation. Ce ne fut que lorsque toutes ces figures si animées (la sienne comprise) eurent disparu, qu'il se souvint de l'Esprit ; il s'aperçut que celui-ci avait les yeux fixés sur lui et que la lumière de sa tête brillait de plus en plus.

« Il faut peu de choses, dit l'Esprit, pour inspirer à ces folles gens tant de reconnaissance.

– Peu de chose ! » répéta Scrooge.

L'esprit lui fit signe d'écouter les deux apprentis qui se répandaient en éloges de Fezziwig, et ensuite il poursuivit son idée :

« Quoi donc ? qu'a-t-il dépensé ? quelques livres sterling de votre argent terrestre, trois ou quatre livres peut-être : cela vaut-il tant de louanges ?

– Ce n'est pas cela, répliqua Scrooge, excité par cette remarque, et parlant involontairement comme son autre lui-même, ce n'est pas cela, Esprit : Fezziwig a le don de nous rendre à son gré heureux ou malheureux, de nous faire paraître notre tâche lourde ou légère, agréable ou pénible. Si vous me dites que ce don consiste en paroles et en regards, en choses si insignifiantes qu'il est impossible de les additionner et de les compter : Eh bien ! qu'importe ? le bonheur qu'on lui doit est aussi grand que s'il coûtait un million. »

Scrooge sentit l'influence du regard de l'Esprit et s'arrêta.

« Qu'y a-t-il ? demanda l'Esprit.

– Rien de particulier, dit Scrooge.

– Quelque chose, cependant, n'est-ce pas ? poursuivit l'Esprit en insistant.

– Non, dit Scrooge, non. J'aimerais à pouvoir dire un mot à mon commis, voilà tout »

Son autre lui-même éteignit les lampes au moment où il exprimait ce désir ; Scrooge et l'Esprit se retrouvèrent de nouveau tous les deux en plein air.

« Le temps presse, remarqua l'Esprit, vite. »

Ceci ne s'adressait pas à Scrooge ou à personne qu'il put voir ; mais l'effet produit fut immédiat, car Scrooge se revit tout à coup lui-même. Il avait vieilli : il était un homme d'âge mûr : son visage n'avait pas les traits durs de son âge actuel, mais on y remarquait déjà quelques-unes des rides du souci et de l'avarice. Il y avait dans son regard un mouvement continuel, indice dénonciateur de la passion qui avait jeté en lui ses racines. Il n'était pas seul, mais assis à côté d'une belle jeune fille vêtue de deuil, dont l'œil était rempli de larmes qui brillaient à la lueur que projetait l'Esprit de Noël passé.

« Peu vous importe : oui, à vous très-peu vous importe, disait-elle ; une autre idole m'a remplacée, et si elle peut vous consoler un jour comme j'aurais essayé de le faire, je n'aurai pas de raison pour m'affliger.

– Quelle idole vous a remplacée ? répondait-il.

– Une idole d'or.

– Voilà bien le jugement du monde ! il n'est rien qu'il traite plus mal que la pauvreté, et rien qu'il prétende blâmer plus sévèrement que la poursuite de la richesse.

– Vous craignez trop le monde, répliquait la jeune fille ; toutes vos espérances se sont fondues dans celle d'échapper à ses reproches sordides ; j'ai vu vos plus nobles pensées s'évanouir une à une, jusqu'à ce que la passion dominante, la passion du lucre, vous ait absorbé. Ai-je tort ?

– Eh bien î voyons, dit-il alors ; parce que je suis devenu plus sûr de moi-même et que j'ai acquis de l'expérience, ai-je changé à votre égard ? »

Elle secoua la tête.

« Répondez ? dit-il.

– Notre engagement date de loin : il fut conclu lorsque nous étions, vous et moi, pauvres, mais contents de pouvoir espérer que nous le serions quelque jour un peu moins, grâce à notre patiente industrie. Vous êtes changé : vous n'êtes plus ce que vous étiez alors.

– J'étais un enfant, répondit-il avec impatience.

– Vous sentez vous-même que vous n'étiez pas ce que vous êtes à présent, et moi je suis la même. Ce qui nous promettait le bonheur quand nous n'avions qu'un cœur n'est qu'une source de peines depuis que nous en avons deux. Que de fois cette pensée m'est revenue ! pensée amère… mais je m'y suis faite et je puis vous rendre votre liberté.

– Vous l'ai-je demandée ?

– En paroles, non, jamais.

– Et comment donc ?

– Par le changement de votre nature, par le changement de votre esprit, par la nouvelle atmosphère où vous existez, par la nouvelle espérance qui est devenue votre but, et en oubliant tout ce qui donnait une valeur à mon amour. Si cet engagement n'existait pas, ajouta la jeune fille avec un air de doux reproche, dites-moi, me rechercheriez-vous aujourd'hui ? Oh ! non ! »

Il parut céder à la justesse de cette supposition malgré lui-même, mais il fit un effort pour lui répondre : « Vous ne le pensez pas !

– Je voudrais bien ne pas le penser, répliqua-t-elle ; le ciel le sait ! puisque j'ai acquis la preuve d'une vérité semblable, il faut qu'elle soit forte et irrésistible. Si vous étiez libre aujourd'hui, demain, je le répète, choisiriez-vous une fille sans dot, vous qui pesez tout aux balances de la fortune ? ou, supposons que vous la choisissiez ; si vous étiez un moment infidèle à votre principe, ne sais-je pas quels seraient vos regrets et votre repentir ? je vous rends donc votre liberté, et c'est de bon cœur, pour l'amour de celui que vous n'êtes plus. »

Il allait parler, mais en détournant les yeux elle continua : « Vous pouvez, la mémoire du passé m'en est presque un garant, vous pouvez éprouver du chagrin à l'accepter ; mais encore un peu de temps, très-peu de temps, et vous chasserez ce souvenir importun comme un mauvais rêve... puissiez-vous êtes heureux dans la vie de votre choix ! »

À ces mots elle le quitta.

« Esprit ! dit Scrooge, ne me montrez rien de plus, ramenez-moi dans mon lit ; quel plaisir avez-vous à me torturer ?

– Encore une ombre ! cria l'Esprit.

– Non, plus d'autres, dit Scrooge ; je ne veux plus rien voir… »

Mais l'inexorable Esprit le retint dans ses bras et le força de faire attention à ce qui allait arriver.

Ils se trouvèrent dans un autre lieu : dans une chambre ni large ni riche, mais confortable. Près d'un feu d'hiver était assise une belle jeune fille, si semblable à la dernière, que Scrooge crut que c'était la même jusqu'à ce qu'il remarquât celle-ci, mère à présent, assise près de sa fille. Le bruit qui se faisait dans cette chambre avait quelque chose de tumultueux ; car il y avait là plus d'enfants que Scrooge n'en aurait pu compter dans le trouble de son âme, et chacun d'eux faisait le tapage de quatre. Mais toute cette tempête n'inquiétait personne ; au contraire, la mère et la fille en riaient de tout cœur, et la seconde, se mettant de la partie, fut bientôt assez mal traitée par les petits bandits. Que n'aurais-je pas donné pour être un d'entre eux ! non que je me fusse conduit avant tant de rudesse : oh ! non, non, pour tous les trésors du monde, je n'aurais pas mêlé ces cheveux si bien bouclés ; au prix de ma vie, je n'aurais jamais dérobé le soulier de ce joli pied ; quant à mesurer sa taille, comme le firent ces audacieux, je n'aurais pas osé le faire non plus, de peur que mon bras ne fût châtié de ce sacrilège par quelque génie jaloux qui l'eût frappé de paralysie… Que n'aurais-je pas donné cependant pour toucher ses lèvres ! Quelle question n'aurais-je pas faite pour obtenir qu'elle les ouvrît en me répondant ! Oh ! que j'aurais aimé à pouvoir regarder ses yeux baissés sans exciter sa rougeur, et à dénouer sa chevelure dont une seule boucle m'eût semblé le plus précieux des gages d'amitié !… En un mot j'aurais voulu, je le confesse, avoir auprès d'elle le privilège d'un enfant et être cependant assez homme pour comprendre mon bonheur.

Mais qui frappe à la porte ? comme ce groupe bruyant y court et entraîne la jeune fille avec lui !… Elle rit de paraître ainsi chiffonnée devant celui qui entre : c'est le père de ces turbulents marmots qui ont reconnu sa voix, et il vient accompagné d'un homme tout chargé de joujoux de Noël. Oh !

le commissionnaire, porteur de tous ces présents, qui le défendra ? Quel assaut contre sa personne ! l'un l'escalade à l'aide d'une chaise, l'autre fouille dans ses poches ; c'est à qui pillera ses paquets : heureusement chacun a bientôt le sien et le commissionnaire peut s'esquiver. Nouvelle scène, nouveau tumulte de joie, de reconnaissance, de bonheur... jusqu'à ce que, l'heure étant venue, tous ces enfants montent dans leur chambre et le calme succède à ce joyeux désordre.

Scrooge put alors regarder avec plus d'attention cette scène d'intérieur : le maître de la maison, sur l'épaule duquel la fille s'appuie tendrement, s'assied entre elle et sa mère... Ah ! de penser qu'une créature semblable, une fille aussi gracieuse et aussi belle, aurait pu rappeler du nom de père et parer ses vieux jours des fleurs de son printemps... n'y avait-il pas de quoi sentir ses yeux obscurcis par les larmes ?

« Arabelle, dit le mari, se tournant vers sa femme avec un sourire, j'ai rencontré un de vos anciens amis, ce soir.

– Qui donc ?

– Devinez.

– Comment... Ah ! j'y suis, ajouta-t-elle en souriant comme lui ; c'est M. Scrooge.

– Lui-même. Je passais près de la fenêtre de son comptoir et je l'ai aperçu à travers les vitres. Sa femme se meurt, à ce qu'on assure. Il était seul, et il sera bientôt seul au monde.

– Esprit, dit Scrooge d'une voix tremblante, éloigne-moi d'ici.

– Je vous ai prévenu, répondit l'Esprit, que je vous montrais les ombres de ce qui fut ; je ne puis faire qu'elles soient autre chose.

– Emmenez-moi, s'écria Scrooge, je ne puis le supporter davantage. »

Ce disant, Scrooge se tourna vers l'Esprit et vit qu'il le regardait avec un visage dans lequel, par un singulier prodige, il retrouvait des airs de tous les visages qu'il lui avait montrés.

« Laissez-moi, lui dit-il, ou ramenez-moi : assez, assez. »

Et lui-même il cherchait à entraîner l'Esprit sans pouvoir vaincre sa résistance, quoi qu'il ne semblât pas opposer le moindre effort dans cette espèce de lutte. Mais observant en même temps que la lumière de sa tête brillait de plus en plus, et lui attribuant l'influence que l'Esprit exerçait sur lui, il s'empara par un mouvement soudain de l'éteignoir et l'en couvrit.

L'esprit s'affaissa tellement sous ce chapeau fantastique, qu'il disparut presqu'en entier ; mais Scrooge eut beau enfoncer, il ne put étouffer toute la lumière qui rayonnait sur le sol.

Il éprouvait aussi un épuisement et une somnolence qui le privaient de ses propres forces. En même temps il eut la conscience d'être dans sa chambre à coucher. Après un dernier effort sur l'éteignoir, il n'eut que le temps de rouler sur son lit et s'y plongea dans un profond sommeil.

III

LE SECOND DES TROIS ESPRITS.

Réveillé au milieu d'un ronflement des plus sonores, s'asseyant sur son lit pour recueillir ses pensées, Scrooge n'eut pas besoin qu'on lui dît que l'horloge allait de nouveau sonner une heure. Il comprit qu'il retrouvait, juste au moment convenable, l'usage de ses sens pour se mettre en communication avec le second messager qui lui était envoyé par l'intervention de Jacob Marley. Il se sentit même la force d'ouvrir tous ses rideaux de sa propre main et d'attendre fièrement la nouvelle apparition.

Ainsi prêt à tout, il écouta l'horloge ; mais cette fois, autre surprise, personne ne se montra ; seulement il se vit entouré d'une lumière qui lui causa un autre genre d'alarme, craignant d'être la victime d'un cas intéressant de combustion instantanée sans avoir la consolation de le savoir. Peu à peu, cependant, il se rassura en s'apercevant que cette lumière partait de la chambre voisine. Il se leva à petit bruit et se glissa en pantoufles jusqu'à la porte. Au moment où il mettait la main sur la serrure : « Entrez, Scrooge ! » lui cria une voix inconnue. Il obéit.

Cette seconde pièce était bien le salon de son appartement, il n'y avait pas à en douter ; mais elle avait subi une transformation surprenante. Les murs et le plafond étaient si artistement décorés de feuillage qu'on eût dit un bosquet. De toutes ces touffes, de toutes ces guirlandes, pendaient des fruits brillants ; les feuilles lustrées des rameaux de buis, de gui, de laurier et de lierre, reflétaient la lumière comme autant de petits miroirs. Dans la cheminée flambait un large feu, tel que ce foyer malheureux n'en avait vu depuis bien des hivers, du temps de Marley et du temps de Scrooge ; sur le plancher une espèce de trône était formé par une accumulation de dindes et d'oies grasses, de poulardes et de chapons, de jambons et de roast-beefs froids, de gibier et de cochons de lait, de ronds de saucisses, de pâtés, de plumpoudings, de barils d'huîtres, de marrons rôtis, de pommes vermeilles, d'oranges dorées, de poires juteuses, d'immenses gâteaux et de bowls de punch qui parfumaient l'appartement de leur délicieuse vapeur. Mollement assis sur ce trophée gastronomique, était un joyeux géant, superbe à voir, armé d'une torche, assez semblable à une corne d'abondance, qui illumina la face de Scrooge lorsqu'il entrebâilla la porte.

– Entrez ! s'écria l'Esprit ; entrez, mon cher, et faisons connaissance. »

Scrooge entra timidement et la tête basse : ce n'était plus ce Scrooge si rogue d'auparavant, et quoique les yeux de ce second Esprit fussent bienveillants, il n'osait les rencontrer.

« Je suis l'Esprit de Noël présent, dit l'Esprit ; regardez-moi donc ! »

Scrooge le regarda alors avec respect. Il était vêtu d'une tunique verte, bordée de fourrure blanche, et drapée si négligemment autour de son corps, qu'on découvrait sa large poitrine, comme dédaignant de se cacher par aucun artifice ; ses pieds sortaient nus des amples plis de cette robe, et sur sa tête il n'avait d'autre coiffure qu'une couronne de houx parsemée de quelques petits glaçons. Ses longs cheveux bruns flottaient librement ; il y avait un air de liberté dans sa figure réjouie, ses yeux brillants, sa main tendue ouverte, sa voix joyeuse et toute sa personne. Autour de sa taille une ceinture attachait un fourreau antique, mais sans épée et rongé par la rouille.

« Vous n'avez jamais vu mon semblable, eh ! s'écria l'Esprit.

– Jamais, répondit Scrooge.

– Jamais vous n'êtes sorti avec les plus jeunes membres de ma famille ; je veux dire mes aînés de quelques hivers, car je suis très-jeune moi-même.

– Je ne pense pas… j'ai peur que non… Avez-vous beaucoup de frères, Esprit ?

– Plus de dix-huit cents.

– Famille terriblement nombreuse à nourrir ! » murmura Scrooge.

L'Esprit de Noël présent se leva. « Esprit, dit Scrooge avec soumission, conduisez-moi où vous voudrez. Je fus conduit contre mon gré, la nuit dernière, et j'ai reçu une leçon dont je recueille le fruit. Cette nuit, si vous avez à m'apprendre quelque chose, je veux en profiter.

– Touchez ma robe. »

Scrooge obéit et s'y cramponna… Houx, gui, baies rouges, lierre, oies, gibier, volailles, jambons, viandes rôties, marcassins, saucisses, huîtres, pâtés, poudings, fruits et punch… tout s'évanouit à l'instant. Scrooge vit disparaître aussi la chambre, le feu, la joyeuse clarté : à la nuit succédait le jour, et ils se trouvèrent dans les rues, le matin de Noël : le froid étant sévère, les gens faisaient une singulière musique en balayant la neige de l'entrée de leur maison et de leur toiture, pendant que les jeunes garçons imitaient à leur manière les tempêtes de frimas et les avalanches.

Les façades des maisons et les fenêtres paraissaient bien noires par le contraste de la belle couche de neige qui couvrait les toits ; mais la neige des rues était déjà sillonnée par les roues des voitures qui y creusaient de sales ornières jaunâtres converties peu à peu en ruisseaux bourbeux ; le ciel restait sombre et un épais brouillard descendait en atomes de suie, comme si toutes les cheminées de la Grande-Bretagne avaient pris feu de concert et dégorgeaient leurs tuyaux. Rien de très-gai par conséquent dans la température ou l'aspect de la ville… et cependant il se répandait dans ces mêmes rues brumeuses un sentiment de gaîté que n'aurait pu leur donner le plus riche rayon de soleil ; car les hommes qui balayaient les toits se provoquaient par des propos plaisants, et de temps à autre échangeaient quelques balles de neige, innocents combats moins dangereux encore que ceux de la parole et qui excitaient également le rire par l'adresse et la maladresse des combattants. Les boutiques des marchands de volailles étaient encore à demi-ouvertes et celles des fruitiers étalaient toutes leurs richesses : gros sacs de marrons qui débordaient, ognons d'Espagne à larges côtes rubicondes, rappelant l'embonpoint des moines espagnols, pyramides de pommes et de poires, grappes de raisins qui faisaient venir l'eau à la bouche des passants, tas de noisettes réveillant le souvenir des promenades dans les bois odorants, corbeilles d'oranges et de limons, dessert doré, venu des climats favorisés du soleil !

Mais les épiciers… oh ! les épiciers ! quelles tentations éprouvait celui qui se hasardait à jeter un coup-d'œil entre les interstices de leurs contrevents ! quel parfum s'exhalait de leur thé et de leur café, de leurs raisins secs, de leurs blanches amandes, de leurs clous de girofle, de leurs dragées et de leurs fruits confits saupoudrés de sucre, de leurs figues, de leurs pruneaux et de leurs bonbons si curieusement décorés pour la Noël !

Les cloches font entendre leurs voix de bronze, appelant les chrétiens à l'église et à la chapelle : la foule remplit les rues, chacun vêtu de son plus bel habit et l'air heureux. En même temps de toutes les rues, de tous les passages, de toutes les cours sortent des gens qui portent au four du boulanger le plat dont ils espèrent se régaler. L'Esprit paraissait vivement s'intéresser à eux, car il se posta, avec Scrooge à son côté, sur le seuil d'une boulangerie, et il les arrosait d'encens avec sa torche… Singulière torche que la sienne ! car, une fois, deux porteurs de dîner, s'étant pris de querelle après s'être rudement coudoyés, l'Esprit secoua sur eux quelques gouttes d'eau en place de flamme et la paix fut faite, les querelleurs s'écriant que c'était une honte de se disputer le jour de Noël… Oh ! qu'ils avaient bien raison !

Les cloches se turent, les portes des boulangers se fermèrent, et cependant on croyait voir encore comme une image réjouissante de tous ces dîners de Noël dans la fumée qui tourbillonnait au-dessus de chaque four.

« Y a-t-il donc une saveur particulière dans ce qui tombe de votre torche ? demanda Scrooge.

– Oui, la mienne.

– Se communiquerait-elle à toute espèce de dîner aujourd'hui ?

– À tout dîner partagé avec cordialité… et plus encore à ceux des plus pauvres.

– Et pourquoi ?

– Parce que ce sont ceux qui en ont le plus besoin... mais je veux vous faire assister à l'un de ceux-ci. »

Et à ces mots, Scrooge et l'Esprit, transportés dans les faubourgs de Londres, s'arrêtèrent sur le seuil d'une maison que l'Esprit bénit avant d'entrer en secouant sa torche avec un sourire. C'était la maison de Bob Cratchit, le commis même de Scrooge, ce pauvre commis à quinze shellings par semaine. – Bob n'est pas encore au logis ; mais il est attendu ; Mrs Cratchit sa femme n'a qu'une robe qui a été retournée deux fois : elle est en toilette cependant, tout autant qu'on peut l'être avec quelques sous de ruban : elle met la table, aidée de Belinda Cratchit, la seconde de ses filles, qui est parée... de rubans, comme sa mère, tandis que maître Pierre Cratchit, le fils aîné, qui plonge une fourchette dans le poêlon aux pommes de terre, mord du bout des lèvres les coins d'un monstrueux col de chemise, présent de son père, heureux de se voir si brave et regrettant de ne pouvoir aller montrer son linge dans les parcs fashionables. Voici deux petits Cratchit encore, garçon et fille, qui surviennent en criant qu'ils ont flairé l'oie de la porte du boulanger et l'ont reconnue pour leur oie. Ces petits Cratchit croient déjà mordre sur leur part ; ils dansent de bonheur et flattent leur frère aîné, qui souffle le feu jusqu'à ce que, bondissant sous le couvercle qui les étouffe, les pommes de terre demandent à être débarrassées de leur pellicule.

« Qu'est-ce qui retient donc votre bien-aimé père, dit Mrs Cratchit, et votre frère Tiny Tim ?... Martha aussi était arrivée deux heures plus tôt, le dernier Noël...

– Voici Martha, mère, s'écria justement une grande fille qui arrivait pour répondre elle – même à son nom.

– Voici Martha, mère, répétèrent les deux petits Cratchit... Hourra !

Martha ! c'est que nous avons une fameuse oie !

– Le ciel vous bénisse, ma chère ! comme vous venez tard, dit Mrs Cratchit à Martha en l'embrassant une douzaine de fois et lui ôtant tendrement son chapeau et son châle.

– Nous avions beaucoup d'ouvrage à livrer ce matin, ma mère, répondit Martha.

– C'est bien, ma fille ; vous voilà. Asseyez-vous près du feu et chauffez-vous.

– Non, non ! voici père qui vient, crièrent les deux petits Cratchit. Cachez-vous, Martha, cachez-vous ! »

Et Martha se cacha : Bob Cratchit entre ; le nœud de son foulard flotte sur son gilet ; ses habits râpés sont bien brossés pour leur donner un air de dimanche. Bob Cratchit portait Tiny Tim sur son épaule. Hélas ! le pauvre petit Tiny Tim ! il avait une béquille, et un cercle en fer lui maintenait les jambes !

« Eh donc ! où est Martha ? demanda Bob Cratchit.

– Elle n'est pas venue encore, répondit Mrs Cratchit.

– Pas venue ! dit Bob avec désappointement et un peu essoufflé ; car il avait porté Tiny Tim depuis l'église : être en retard le jour de Noël ! »

Martha souffrit de le voir contrarié même pour rire, et elle sortit de sa cachette en se jetant dans ses bras, pendant que les deux plus petits Cratchit entraînaient Tiny Tim vers la cuisine pour qu'il pût entendre bouillir le pouding.

« Et comment s'est comporté le petit Tiny ? demanda Mrs Cratchit après avoir raillé Bob de sa crédulité...

— Il s'est comporté comme un ange, répondit Bob. Cet enfant est singulier, vraiment : il a les idées les plus curieuses. Il me disait en revenant qu'il espérait avoir été aperçu dans l'église, parce qu'il est estropié et que ce doit être surtout le jour de Noël que les chrétiens aiment à se rappeler celui qui faisait marcher les boiteux et voir les aveugles. »

La voix de Bob tremblait pendant qu'il disait cela, et elle trembla plus encore quand il ajouta que Tiny Tim se fortifiait.

On entendit retentir sa petite béquille sur le plancher, et Tiny rentra escorté par le petit frère et la petite sœur, qui le conduisirent à son escabelle près du feu. Bob alors, relevant ses manches, prit un citron, et avec de l'extrait de genièvre il composa une sauce piquante, puis il dit à maître Pierre et aux deux jeunes Cratchit d'aller chercher l'oie. — Ils revinrent bientôt en procession solennelle.

À l'émotion qui s'empara de toute cette famille, vous auriez pu croire qu'une oie est le plus rare des volatiles, un phénomène emplumé, auprès duquel un cygne noir serait un lieu commun... Hélas ! l'oie était réellement un oiseau rare dans cette maison. Mrs Cratchit fit chauffer le jus de ce beau rôti, maître Pierre acheva de peler les pommes de terre, miss Belinda mit du sucre dans la sauce aux pommes, Martha essuya les assiettes tièdes, Bob assit Tiny Tim près de lui à l'un des coins de la table, les deux petits Cratchit placèrent les chaises pour tout le monde sans s'oublier, et une fois à leur poste, se mirent leurs cuillers dans la bouche, de peur d'être tentés de demander de l'oie avant que vînt leur tour d'être servis. Enfin la prière fut dite et il y eut un instant d'attente solennelle, lorsque Mrs Cratchit, promenant lentement son regard sur le couteau à découper, se prépara à le plonger dans les flancs de la bête, mais à peine l'eut-elle fait qu'un murmure de plaisir éclata autour d'elle : Tiny Tim lui-même, excité par les deux petits Cratchit, frappa sur la table avec le manche de son couteau et cria d'une voix faible : Hourra !

Jamais on ne vit oie pareille ! Bob déclara qu'il ne croyait pas qu'on en eût jamais fait cuire une si grosse, si grasse, si tendre, si savoureuse et à si bon marché ! Ce texte d'éloges fut commenté par l'admiration générale : avec la sauce aux pommes et les pommes de terre le dîner suffit à toute la famille… « Et vraiment ! dit Mrs Cratchit à la vue d'un os resté dans le plat, nous n'avons pas mangé tout ! » Cependant chacun en avait eu assez, et les petits Cratchit en particulier étaient bourrés de la garniture à la sauge et à l'ognon. Mais alors es assiettes étant changées par miss Belinda, Mrs Cratchit sortit seule… pour aller chercher le pouding !

Supposez qu'il soit manqué ! supposez qu'il se brise quand on le tournera ; supposez que quelqu'un ait sauté par-dessus le mur de la cour de derrière et l'ail volé pendant qu'on se régalait de l'oie… À cette fatale supposition, les deux petits Cratchit devinrent blêmes ! toutes sortes d'horreurs furent supposées en une minute.

Mais quelle vapeur parfumée… il approche. C'est lui, c'est le pouding porté par Mrs Cratchit, qui sourit toute glorieuse en regardant ce délicieux pouding, si ferme, si rond, semblable à un boulet de canon, noyé dans un quart de pinte d'eau-de-vie incandescente et décoré d'une petite branche du houx de Noël !

Oh ! quel merveilleux pouding ! Bob Cratchit déclara que c'était selon lui le chef-d'œuvre de Mrs Cratchit, le plus admirable pouding qu'elle eût fait depuis leur mariage. Mrs Cratchit répondit qu'à présent qu'elle n'avait plus ce souci sur le cœur, elle avouerait qu'elle avait eu quelques doutes sur la quantité de farine : chacun eut un mot à dire ; mais nul ne se permit de remarquer que c'était un bien petit pouding pour une si nombreuse famille. Il y aurait eu blasphème à le penser.

Le dîner terminé, la nappe enlevée, un coup de balai fut donné au foyer et l'on rajusta le feu, où l'on fit un cercle, c'est-à-dire un demi-cercle autour d'une autre table sur laquelle des oranges et des pommes servirent de dessert pendant que des marrons cuisaient sur les cendres. « Allons ! dit Bob Cratchit, mes chers amis, je propose une première santé : un joyeux Noël pour nous tous, et que Dieu nous bénisse ! » À ce souhait la famille fit écho. ('Dieu nous bénisse ! » répéta Tiny Tim, le dernier de tous. Tiny Tim était assis le plus près de Bob, qui tenait dans sa main sa petite main flétrie avec l'étreinte affectueuse d'un père craignant qu'on ne le prive de son enfant.

« Esprit ! demanda Scrooge avec un intérêt qu'il n'avait jamais éprouvé, apprenez-moi si Tiny Tim vivra. »

L'Esprit répondit : « Je vois un siège vide dans le coin de la cheminée et une béquille solitaire qu'on garde soigneusement. Si ces images ne changent pas dans l'avenir, cet enfant ne peut vivre.

– Non, non, dit Scrooge ; oh ! non, bon Esprit, dites-moi qu'il vivra.

– Si ces images ne changent pas dans l'avenir, répéta l'Esprit, aucun autre Noël ne retrouvera l'enfant ici. Eh bien ! quoi ? s'il meurt... que peut-il faire de mieux ? il diminuera le superflu de la population. »

Scrooge baissa tristement la tête en entendant l'Esprit citer ses propres paroles, et il fut accablé de repentir.

« Homme, lui dit l'Esprit, si vous avez un cœur d'homme et non un cœur de pierre, ne vous servez plus de ce jargon jusqu'à ce que vous ayez appris ce que c'est que ce superflu et où il réside. Est-ce à vous de décider quels sont ceux qui doivent vivre et quels sont ceux qui doivent mourir ? Il se peut qu'aux yeux de la Providence vous soyez moins digne de vivre que des millions de créatures semblable à l'enfant de ce pauvre homme.

Grand Dieu ! entendre l'insecte sur sa feuille déclarer qu'il y a trop d'insectes vivants parmi ceux qui ont faim dans la poussière ! »

Scrooge s'humilia sous cette réprimande de l'Esprit et baissa les yeux, tout tremblant ; mais il les releva bientôt en entendant prononcer son nom.

« Maintenant, disait Bob, je veux vous proposer la santé de M. Scrooge, celui à qui nous devons ce repas.

– Lui, en vérité ! s'écria Mrs Cratchit, je voudrais le tenir ici, je le régalerais d'une vérité de ma façon.

– Ma chère, dit Bob, les enfants… le jour de Noël…

– Il faut, en effet, que ce soit Noël pour proposer la santé d'un homme aussi dur, aussi avare, aussi odieux que M. Scrooge. Vous savez s'il est tout cela, Robert : vous le savez mieux que personne, mon pauvre ami !

– Ma chère, répéta Bob, le jour de Noël !

– Pour l'amour de vous et pour Noël, je consens, puisque vous le voulez, à boire cette santé, répondit Mrs Cratchit ; je lui souhaite donc une longue vie, une bonne fête de Noël et une bonne année. Il doit être très-joyeux et très-heureux en un pareil jour, je n'en doute pas. »

La santé fut bue aussi par les enfants, mais sans cordialité ; par Tiny Tim aussi, mais avec plus que de l'indifférence. Scrooge était l'ogre de la famille : la mention de son nom jeta un nuage pendant cinq minutes sur la gaîté de ces bonnes gens ; mais ces cinq minutes passées, ils devinrent dix fois plus gais qu'auparavant. Bob Cratchit leur apprit qu'il avait en vue une place pour son fils Pierre, une place qui lui vaudrait six schellings et six pences par semaine. Les deux plus petits Cratchit de rire de bon cœur en pensant que Pierre serait un commis, et Pierre lui-même parut un moment pensif en regardant le feu comme s'il rêvait déjà à l'emploi de ses futurs appointements. Martha, en apprentissage chez une couturière, raconta alors combien elle avait travaillé dans ce dernier mois, et ajouta qu'elle se proposait de rester au lit le lendemain, jour de repos passé à la maison. Pendant tout ce babil, les marrons et la bière circulaient à la ronde, et enfin Tiny Tim chanta une ballade sur un enfant égaré au milieu de la neige : Tiny Tim avait une petite voix plaintive et il chanta bien.

Ainsi se passa cette veille de Noël pour la famille de Bob Cratchit. Ce n'était pas une belle famille ; ce n'était pas une famille bien nippée ; ses membres portaient des souliers qui n'étaient pas imperméables ; leur garde-robe était toujours mal garnie, et il y avait probablement quelques-unes de leurs hardes chez le prêteur sur gages ; mais ils étaient heureux, reconnaissants, charmés les uns des autres et contents de tout. Lorsqu'ils allèrent se coucher sous une pluie d'encens que l'Esprit fit descendre sur eux de sa torche magique, Scrooge les suivit tous de l'œil, et surtout Tiny Tim.

Pendant ce temps-là il se faisait nuit noire et la neige tombait à gros flocons ; cependant Scrooge et l'Esprit, en se retrouvant dans les rues, n'y rencontrèrent que des figures enchantées, des enfants allant au-devant de leurs grands parents, oncles, tantes, frères et sœurs ; des jeunes filles encapuchonnées et en souliers fourrés, jasant entre elles et se rendant d'un pied léger chez un proche voisin, où malheur aux célibataires qui voyaient venir ces sirènes… et elles s'en doutaient, les malignes filles. Ce spectacle, aperçu aux reflets qui s'échappaient de tous les foyers, de tous les fours, de toutes les cuisines, réjouissait l'Esprit, qui éparpillait les étincelles de sa torche sur les divers groupes et même sur les allumeurs de réverbères, qui riaient comme tout le monde, ce jour-là.

Tout-à-coup, sans que l'Esprit l'eût prévenu, ce fut au milieu d'une lande déserte que Scrooge se trouva transporté avec lui : vaste plaine parsemée de monstrueux tas de pierres comme si c'eût été un cimetière de géants : la dernière trace rougeâtre laissée par le soleil couchant éclairait d'un dernier et sombre regard la nuit, devenue de plus en plus épaisse.

« Où sommes-nous ? demanda Scrooge.

– Dans un lieu où vivent les mineurs, ceux qui travaillent dans les entrailles de la terre, répondit l'Esprit ; – mais ils me connaissent ; regardez. »

Une lumière brilla à la croisée d'une hutte et ils hâtèrent le pas de ce côté. Entrant à travers un mur de boue, ils trouvèrent une joyeuse compagnie autour d'un superbe feu : un vieillard et sa vieille compagne, avec leurs enfants et leurs petits enfants tous endimanchés. Le vieillard, avec une voix qui, par moment, s'élevait au-dessus du bruit du vent sur la lande déserte, leur chantait un noël, chanson déjà bien vieille lorsqu'il était en nourrice, et ses enfants faisaient chorus ; chaque fois qu'ils répétaient le refrain, le vieillard sentait redoubler sa vigueur et chantait plus fort qu'eux.

L'Esprit ne s'arrêta pas là, et disant à Scrooge de s'attacher à sa robe, il le transporta… jugez de la terreur de Scrooge, il le transporta en pleine mer. En tournant la tête, Scrooge aperçut les derniers rochers du rivage, et ses oreilles furent assourdies du mugissement des flots qui tourbillonnaient dans une suite de cavernes creusées sous ses pas. Au milieu de la mer même, sur un récif assiégé par une éternelle tempête, s'élevait un phare solitaire. Eh bien ! là encore, les deux gardiens de la lumière amie des matelots, avaient allumé un feu qui rayonnait sur l'abîme : joignant leurs mains calleuses par-dessus une table grossière, ils se souhaitaient une joyeuse fête de Noël en buvant leur grog, et le plus âgé des deux, à la face hâlée, semblable à la sombre tête qui orne l'avant d'un navire, entonna une chanson qu'on eût prise pour un autre ouragan.

L'Esprit ne s'arrêta pas là non plus, et entraînant Scrooge par-dessus la vaste étendue de l'eau salée, il le débarqua sur un vaisseau, où le capitaine, les officiers de quart et les hommes de l'équipage étaient tous sous l'influence de Noël, les uns fredonnant un air de circonstance, les autres s'entretenant avec leurs camarades de ce qu'ils avaient fait naguère ou jadis à pareil jour.

Soudain, tandis que Scrooge écoutait, encore étourdi, le bruit des vents et des vagues, réfléchissant au périlleux voyage qu'il accomplissait, il entendit avec surprise un grand éclat de rire… avec plus de surprise encore il reconnut que cet éclat de rire provenait de son propre neveu et qu'il était dans une chambre bien éclairée, avec l'Esprit souriant à côté de lui et contemplant avec une approbation affable l'heureux rieur… tant celui-ci riait de bon cœur. Le rire, par compensation, n'est pas moins contagieux que les larmes : le neveu de Scrooge ne riait pas seul : la nièce de Scrooge, sa femme, riait comme son mari, et leurs hôtes ne riaient pas moins que le mari et la femme.

« Ah ! ah ! ah ! disait le neveu de Scrooge ; sur mon honneur, il a prétendu que Noël était une bêtise : ah ! ah ! ah ! et il le pensait.

– Deux fois honte à lui, Fred, répondit la nièce indignée de Scrooge… Parlez – moi des femmes ; elles ne font rien à moitié ; elles y vont toujours bon jeu bon argent. » La nièce de Scrooge était jolie, très-jolie, avec une charmante figure, des joues à fossettes, un air éveillé et étonné, une bouche rose qui appelait le baiser, un menton gracieux et des yeux d'une vivacité agaçante.

« C'est un drôle de corps, en effet, dit le neveu de Scrooge, et qui pourrait être plus amusant encore… mais il porte la peine de ses défauts et je n'ai rien à dire contre lui.

– Je suis sûre qu'il est très-riche, Fred, n'est-ce pas ? au moins vous me le dites.

– Et qu'importe sa richesse, ma chère ! quel usage en fait-il ? à quoi lui sert-elle ? il n'a pas même la satisfaction, ah ! ah ! ah ! de penser que nous en ferons un jour meilleur usage que lui.

– Il m'impatiente ! poursuivit la nièce, et les sœurs de la nièce et toutes les autres dames là présentes exprimèrent la même opinion.

– Quant à moi, reprit le neveu, je n'ai pas le courage de lui en vouloir ; je le plains plutôt : qui souffre de ses humeurs noires ? lui tout le premier ; il s'est mis en tête de nous faire mauvais visage et de ne pas venir dîner avec nous : qu'y gagne-t-il ? il est vrai qu'il n'y perd pas un bon dîner.

– Et moi je crois qu'il en perd un très-bon, dit la nièce de Scrooge ; chacun de le dire comme elle, et comme ils l'avaient mangé, étant au dessert, ils parlaient en juges compétents.

– Si vous ne m'aviez interrompu, reprit le neveu de Scrooge, j'allais ajouter qu'il perdait une compagnie plus agréable que celle de ses propres pensées, soit dans son vieux comptoir, soit dans sa chambre, autre nid à poussière ; mais il a beau ne pas nous aimer, je veux lui offrir la même chance tous les ans, car je le plains. Qu'il se moque de Noël jusqu'à sa mort, il ne peut qu'en penser plus favorablement à la longue, en me voyant chaque année venir toujours de bonne humeur lui demander : Oncle Scrooge, comment vous portez-vous ? Si je l'amenais à laisser cinquante livres sterling à son pauvre commis, ce serait toujours cela d'obtenu… et je crois l'avoir un peu ébranlé hier au soir… »

L'idée qu'exprimait le neveu de Scrooge, l'idée d'avoir ébranlé son oncle, les fit tous rire ; et lui, heureux de voir rire, fût-ce à ses dépens, les encouragea dans leur gaieté en faisant circuler joyeusement la bouteille.

Après le thé, on fit de la musique ; car c'était une famille de musiciens, qui exécutaient admirablement, je vous assure, et surtout Toper, l'ami du neveu de Scrooge, qui faisait gronder sa basse comme un artiste sans qu'on vît se gonfler les veines de son front et tout son visage devenir rouge. La nièce de Scrooge pinçait très-bien de la harpe : entre autres morceaux, elle joua ce soir-là un petit air bien simple, un air de rien, mais justement l'air favori de la petite sœur de Scrooge, celle qui était allée chercher son frère au pensionnat. À ces sons si familiers, Scrooge, attendri de plus en plus, vit apparaître encore toutes les images qu'avait naguère évoquées l'Esprit de Noël passé ; il se dit à lui-même que s'il avait entendu ces notes plus souvent, il aurait pu être moins indifférent aux douceurs de cette vie.

Mais la soirée ne fut pas consacrée tout entière à la musique. On joua aux gages touchés ; car il est bon de redevenir enfant quelquefois, et surtout à Noël, qui est la fête du divin enfant. On joua aussi à colin-maillard, et ce fut Toper qui se laissa le premier bander les yeux. Comme ce fut le neveu de Scrooge qui les lui banda, mon opinion est que les deux amis étaient d'accord ; le prétendu aveugle y voyait si bien, qu'il poursuivit exclusivement une seule et même personne, et c'était la propre sœur de la nièce de Scrooge, une bonne grosse fille qui eut beau fuir et se cacher, tantôt derrière un fauteuil, tantôt derrière un rideau… elle fut prise. Et savez-vous l'atroce conduite de Toper ? Prétendant ne pas la reconnaître, il voulut absolument toucher son bonnet, puis celui de ses doigts qui avait une certaine bague, et mettre la main sur la chaîne qu'elle portait au cou… l'indigne Toper ! Il paraît que la bonne fille crut devoir lui en faire des reproches, et quand le mouchoir fut sur d'autres yeux, ils eurent ensemble une explication confidentielle dans l'embrasure de la croisée.

À ce jeu-là et à d'autres, Scrooge prit tant de goût qu'il se serait volontiers mis de la partie, lorsqu'on proposa de jouer à oui ou non : – Je pense à quelqu'un ou à quelque chose ; devinez : je vous répondrai oui ou je répondrai non. – « Je pense, dit Toper à un animal, à un animal vivant, à un animal très-désagréable, à un animal sauvage, à un animal qui tantôt grogne et tantôt parle, qui habite à Londres, qui se promène dans les rues, qu'on ne montre pas pour de l'argent, qu'on ne musèle pas, qui ne vit pas dans une ménagerie, qu'on ne tue pas chez le boucher, qui n'est ni un cheval, ni un âne, ni une vache, ni un taureau, ni un tigre, ni un chien, ni un pourceau, ni un chat, ni même un ours. Devinez. » – J'y suis, j'y suis, s'écria la nièce de Scrooge. – Qu'est-ce ? voyons ? – C'est l'oncle Scro-o-o-o-oge. »

Les éclats de rire furent universels, et le neveu de Scrooge de rire plus que les autres, mais il se hâta d'ajouter : « En vérité, le cher oncle nous a trop amusés pour que nous puissions refuser de boire à sa santé : allons, un verre de vin chaud à l'oncle Scrooge.

– À l'oncle Scrooge, répéta-t-on en chœur ; joyeux Noël et bonne année à l'oncle Scrooge ! »

L'oncle Scrooge s'était si bien laissé gagner par l'hilarité générale, qu'il aurait fait honneur au toast de la compagnie et prononcé un discours de remercîment, si l'Esprit lui en avait donné le temps ; mais déjà l'Esprit et l'oncle Scrooge avaient repris le cours de leurs voyages. Ils virent bien du pays, bien du monde, et partout des cœurs heureux. L'Esprit s'approchait du lit des malades, et ils croyaient renaître à la santé ; il s'approchait d'un exilé, et il se croyait dans sa patrie, – d'un homme dans la peine, et il espérait, – d'un indigent, et il était riche. À l'hôpital, dans la prison, partout où la porte, n'était pas follement fermée à l'Esprit de Noël, l'Esprit laissait sa bénédiction et donnait une leçon nouvelle à Scrooge.

Ce fut là une longue nuit, si ce voyage ne dura qu'une nuit, et Scrooge en douta, se persuadant que plusieurs fêtes de Noël avaient été condensées pour lui en une seule. Autre chose étrange, tandis que Scrooge restait le même dans sa forme extérieure, l'Esprit devenait visiblement plus vieux. Scrooge, en sortant d'un réveillon d'enfants, remarqua ses cheveux blanchis, et lui demanda enfin si les Esprits avaient une vie si courte.

« Ma vie sur ce globe est très-courte en effet, répondit l'Esprit ; elle finit cette nuit.

– Cette nuit ! s'écria Scrooge.

– Oui, à minuit… Écoutez, l'heure s'approche. » L'horloge sonnait les trois-quarts de onze heures.

« Pardonnez mon indiscrétion, dit Scrooge, en regardant attentivement la tunique de l'Esprit, mais il me semble voir quelque chose de singulier qui s'agite sous votre robe… Est-ce un pied ou une main ?

– Vous allez voir, » répondit l'Esprit tristement. Et des plis de sa robe il dégagea deux enfants, deux misérables, abjectes et hideuses créatures, qui s'agenouillèrent en tombant. C'était un garçon et une fille, tous deux jaunes, maigres, à l'air famélique ; deux anges dégradés ou deux êtres diaboliques. Scrooge recula d'horreur. « Esprit, sont-ce vos enfants ? demanda-t-il.

– À moi ! dites qu'ils sont les enfants de l'homme, répondit l'Esprit, et ils s'attachent à moi en se plaignant de leur père. Celui-ci est l'Ignorance ; celle-ci est la Misère. Gardez-vous de l'un et de l'autre, mais du premier surtout, car je lis sur son front une horrible destinée… Renie-le, si tu l'oses, ajouta l'Esprit, s'adressant à Londres, toi qui l'engendras et qui sais parfois t'en servir pour tes factieux desseins… Mais tremble…

– N'ont-ils aucun lieu de refuge, aucune ressource ? s'écria Scrooge.

– N'y a-t-il pas des prisons ? répondit l'Esprit en lui renvoyant ironiquement pour la dernière fois ses propres paroles ; n'y a-t-il pas des maisons de travail forcé ? »

L'horloge sonnait minuit… Scrooge voulut regarder l'Esprit et ne le vit plus. Au dernier son de la cloche, il se souvint de la prédiction du vieux

Jacob Marley ; il aperçut un fantôme solennel, enveloppé d'une robe à capuchon et qui venait à lui en glissant sur la terre comme une vapeur.

IV

LE DERNIER DES ESPRITS.

Le troisième Esprit arrivait lentement, gravement, silencieusement. Lorsqu'il le vit à deux pas de lui, Scrooge fléchit le genou, pressentant qu'il était menacé par quelque sombre mystère. La longue robe noire de cet Esprit lui cachait la tête, le visage et la taille, ne laissant voir que sa main étendue, sans laquelle il eût été difficile de détacher cette figure de la nuit qui l'entourait.

« Je suis en présence du fantôme de Noël futur ? » demanda Scrooge, surmontant assez sa terreur pour rompre le premier ce silence effrayant.

L'Esprit ne répondit rien ; mais sa main lui fit signe de regarder en bas.

« Vous allez me montrer les images des choses qui ne sont pas arrivées encore, mais qui arriveront dans la suite des temps, n'est-ce pas, Esprit ? »

À cette nouvelle question de Scrooge, l'Esprit se contenta d'incliner la tête : ce fut du moins ainsi que Scrooge interpréta un mouvement qu'il remarqua dans son capuchon.

Quoique commençant à s'habituer au commerce des Esprits, Scrooge éprouvait une telle terreur en présence de celui-ci, que ses jambes tremblaient sous lui et qu'il se sentit à peine la force de marcher, tout en se préparant à le suivre. L'Esprit s'arrêta un moment pour lui donner le temps de se remettre ; mais Scrooge sentait redoubler son horreur en pensant qu'à travers cette sombre enveloppe, des yeux se fixaient sur lui, tandis qu'il avait beau regarder il ne distinguait qu'une main de spectre et une masse noire.

« Esprit de l'avenir ! s'écria-t-il, je vous redoute plus qu'aucun des spectres que j'ai vus ; mais sachant que vous venez pour mon bien, et espérant vivre désormais tout autre que je n'étais, je suis préparé à vous accompagner avec un cœur reconnaissant. Ne me parlerez-vous pas ? »

Pas de réponse encore. La main seule lui fit signe de marcher.

« Précédez-moi, dit Scrooge, je vous prie ; la nuit avance, et je sais que le temps est précieux ; précédez-moi, Esprit. »

Le fantôme reprit sa marche solennelle ; Scrooge le suivit dans l'ombre de sa robe, et il lui sembla qu'il était transporté par elle. On ne pourrait pas dire précisément qu'ils entrèrent dans la ville. Ce fut plutôt la ville qui parut venir à eux et les entourer de son propre mouvement. Ils parvinrent ainsi au milieu de la Bourse, parmi les groupes de marchands et d'agioteurs, les uns faisant tinter l'argent dans leurs poches, les autres regardant leurs montres ou jouant d'un air pensif avec leurs breloques, tels que Scrooge les avait vus si souvent.

L'Esprit s'arrêta à côté de quelques-uns qui causaient entre eux et les montra à Scrooge, qui s'approcha pour écouter. « Non, répondait un gros homme à double menton, je n'en sais pas davantage ; tout ce que je sais, c'est qu'il est mort.

– Depuis quand ? demanda un second.

– La nuit dernière, je crois.

– Comment ! il est mort ? je croyais, moi, qu'il ne mourrait jamais, dit un troisième prenant une énorme prise de tabac dans une vaste tabatière.

– Qu'a-t-il fait de son argent ? demanda un gentleman dont le nez était surmonté d'une excroissance assez semblable à la crête d'un coq d'Inde.

– Je ne sais trop, répondit en baillant l'homme au double menton ; tout ce que je sais, c'est qu'il ne me l'a pas laissé à moi. »

Cette plaisanterie provoqua un rire général.

« Ce sera probablement un enterrement à bon marché, dit le même interlocuteur. Qui voulez-vous qui accompagne le cercueil ? On n'aura pas beaucoup de voitures de deuil à retenir. Si nous y allions de nous mêmes ?

– Je ne ferai pas d'objection s'il y a une collation, répliqua le monsieur à l'excroissance nasale ; mais si j'y vais je veux qu'on me nourrisse. »

Autre éclat de rire.

« Je vois qu'après tout, dit celui qui avait parlé le premier, je suis plus désintéressé que vous ; car je ne porte jamais de gants noirs et je ne fais jamais de collations : j'irai cependant si personne n'y veut aller. Quand j'y songe, j'étais, je crois, son meilleur ami ; nous ne nous rencontrions jamais sans nous parler. Adieu, messieurs, adieu. »

Ce groupe se dispersa et se mêla à d'autres. Scrooge demanda une explication à l'Esprit. Là-dessus le fantôme glissa dans une rue et montra du doigt deux passants qui s'abordaient. Scrooge écouta encore, pensant que l'explication était là.

Les deux interlocuteurs étaient de riches négociants de sa connaissance, et il s'était toujours piqué d'être avec eux dans de bonnes relations.

« Comment vous portez-vous ? dit l'un.

– Comment êtes-vous ? dit l'autre.

– Pas mal… Eh bien, le vieux pince-maille a eu son règlement de compte à la fin, eh !...

– On le dit... Il fait froid, n'est-ce pas ?

– C'est un temps de décembre. Vous n'êtes pas un patineur, je suppose ?

– Non, non... j'ai autre chose à faire. Bonjour. »

Pas un mot de plus, et les deux négociants se quittèrent.

Quelle importance pouvait donc attacher l'Esprit à des conversations en apparence si triviales ? qui était mort ? Ce n'était pas de Jacob Marley qu'il s'agissait... Ce défunt-là appartenait au passé. Scrooge suivait un Esprit que l'avenir seul regardait. Serait-ce ?... Scrooge se promit d'écouter de toutes ses oreilles et de regarder de tous ses yeux, mais surtout de remarquer sa propre image quand elle paraîtrait, s'attendant à trouver le mot de l'énigme dans la conduite que tiendrait ce futur lui. Il se chercha donc à sa place habituelle ; un autre l'y remplaçait, et vainement le cadran de la Bourse indiqua l'heure précise de sa venue ; personne qui lui ressemblât parmi cette multitude se pressant sur les degrés du porche de la Bourse. Sa surprise céda toutefois à cette réflexion qu'il méditait un changement complet dans sa vie habituelle.

Cependant le fantôme demeurait à côté de lui, toujours le bras tendu ; il sembla à Scrooge que l'œil invisible pénétrait la profondeur de sa pensée. Cela le fit frissonner.

Quittant le théâtre bruyant des affaires, ils allèrent dans un quartier obscur de la ville où Scrooge n'avait jamais mis le pied auparavant, quoiqu'il n'ignorât ni sa situation ni sa mauvaise renommée. Les rues étaient sales et étroites, les boutiques et les maisons misérables, les habitants à demi nus, mal chaussés, ivres et hideux. Des traverses et des ruelles vomissaient leurs émanations fétides et leurs immondices sur ce labyrinthe où tout respirait le crime, la boue et la misère. Entre toutes les portes de cet infâme repaire était celle d'une espèce de boutique-caverne, où l'on achetait le vieux fer, les vieilles bouteilles, les haillons, les débris de la boucherie et des os. Sur le plancher intérieur étaient empilés des clés rouillées, des clous, des chaînes, des gonds, des limes, des tringles, des plateaux de balance dépareillés, etc. ; des mystères qu'on ne sonde qu'avec dégoût se cachaient sous ces tas de loques, sous ces masses de graisse corrompue et ces sépulcres d'ossements. Assis auprès d'une étuve à charbon en briques, au milieu des articles de son commerce, un septuagénaire, vieux coquin à cheveux gris y se défendait contre le froid du dehors au moyen d'une sorte de rideau composé de linge usé suspendu à une corde, et il fumait sa pipe avec toute la volupté de la solitude.

Scrooge et l'Esprit se trouvèrent en présence de cet homme en même temps qu'une femme qui entra dans la boutique avec un lourd paquet. Elle fut suivie d'une autre chargée de même, et celle-ci presque immédiatement d'un homme en habit noir râpé : ces trois personnes tressaillirent en se reconnaissant ; mais après le premier ébahissement de leur surprise qu'avait partagée le marchand à la pipe, ils éclatèrent de rire tous les trois.

« Que la femme de journée passe la première, s'écria celle qui avait précédé les autres ; vienne ensuite la buandière, et le croque-mort en troisième. Dites donc, vieux Joe, est-ce là une chance ! Nous sommes venus ici tous les trois sans nous être donné le mot

– Vous ne pouviez vous rencontrer dans un meilleur endroit, lui répondit le vieux Joe en ôtant sa pipe de la bouche. Passez dans le salon ; vous y avez vos entrées depuis longtemps, vous le savez, et ces deux autres ne sont pas des étrangers. Attendez que j'aie fermé la porte de la boutique. Ah ! comme elle grince ! je ne crois pas qu'il y ait ici un morceau de fer plus rouillé que ses gonds y et je suis sûr qu'il n'y a pas non plus chez moi d'os aussi vieux que les miens. Ah ! ah ! nous sommes assortis. Passez dans le salon, passez. »

Le salon était l'espace que le rideau de loques séparait de la boutique. Le marchand remua le feu avec un vieux morceau de fer de rampe, et ayant mouché sa lampe (c'était le soir) avec le tuyau de sa pipe, il la remit dans sa bouche.

Pendant ce temps-là cette femme, qui avait déjà parlé, jeta son paquet par terre et s'assit négligemment sur un tabouret ; puis, croisant ses coudes sur ses genoux, elle sembla provoquer d'un œil hardi les deux autres.

« Qu'y a-t-il donc ? Eh ! Mrs Dilber, dit-elle ensuite, chacun a le droit de prendre soin de soi-même. Eh ! c'est ce qu'il avait toujours fait, lui !

— C'est vrai, c'est bien vrai, répondit la buandière, nul homme plus que lui.

— Et pourquoi êtes-vous là à regarder comme quelqu'un qui aurait peur, ma chère ? lequel de nous trois vaut mieux que les autres ? Nous n'allons pas, j'espère, nous faire les cornes, eh ! je suppose.

— Non, certes, répondirent Mrs Dilber et le croquemort. Non, nous l'espérons bien.

— Eh bien, donc, suffit ! Qui est-ce qui est à plaindre de perdre quelques nippes comme celles-ci ? ce n'est pas un mort, je suppose.

— Non, certes, interrompit Mrs Dilber, en riant.

— S'il avait voulu les conserver après son trépas, le vieil écrou, poursuivit l'autre, pourquoi n'était-il pas plus généreux pendant sa vie ? S'il l'eût été, il aurait eu quelqu'un pour le veiller lorsqu'il a fallu lutter contre l'agonie, au lieu d'être tout seul pour rendre le dernier soupir.

— Vous n'avez jamais rien dit de plus vrai, repartit Mrs Dilber, vous venez de prononcer son jugement.

– Je regrette que mon paquet ne soit pas plus lourd, poursuivit la première femme, et il l'aurait été, vous devez me croire, si j'avais pu mettre la main sur quelque chose de plus. Ouvrez, ouvrez, vieux Joe, et voyons ce que cela vaut. Parlez net. Je n'ai pas peur d'être la première, ni peur qu'ils le voient. Nous savions bien que nous faisions nos petites affaires avant de nous rencontrer ici, je pense. Ce n'est pas péché : ouvrez le paquet, Joe. »

Mais la galanterie de l'homme en habit noir râpé ne voulut pas permettre qu'un autre que lui montât le premier sur la brèche, et il produisit son butin. Ce n'était pas grand'chose : une ou deux breloques de montre, un porte-crayon, deux boutons de manche et un agrafe de peu de valeur… c'était tout. Ces divers articles furent examinés et prisés séparément par le vieux Joe, qui marqua sur le mur avec de la craie les sommes qu'il prétendait en donner, et additionna le total.

– Voilà votre compte, dit-il, je n'ajouterai pas un autre demi-shelling, quand on me ferait bouillir. À un autre. »

Ce fut le tour de Mrs Dilber, qui déploya des draps, des serviettes, un habit et deux paires de bottes, avec deux cuillers à thé et une pince à sucre. Son compte lui fut fait sur le mur de la même manière.

« Je donne toujours trop aux dames, déclara le vieux Joe. C'est une faiblesse, et c'est ainsi que je me ruine. Voilà votre compte. Si vous me demandiez un penny de plus, je me repentirais d'être si libéral et rabattrais une demi-couronne.

– Et maintenant, défaites mon paquet, Joe, » dit la première femme.

Joe se mit à genoux pour être plus à portée de l'ouvrir, et après avoir défait plusieurs nœuds, il déploya une large étendue d'étoffe sombre.

« Qu'est-ce que cela d'abord ? demanda Joe, des rideaux de lit ?

– Oui, reprit la femme en riant et se penchant, les bras croisés, des rideaux de lit...

– Ah ça, les auriez-vous enlevés avec les anneaux pendant qu'il était encore là ? demanda Joe.

– Oui, répliqua-t-elle. Pourquoi pas ?

– Vous êtes née pour faire fortune, et fortune vous ferez, dit Joe.

– Certainement que je ne retirerai pas la main quand je pourrai la mettre sur quelque chose... ce ne sera pas du moins par égard pour un homme comme était celui-là, je vous le promets, Joe. Eh ! ne laissez pas couler l'huile de votre lampe sur les couvertures, maintenant.

– Ses couvertures ? demanda Joe.

– Et de qui donc seraient-elles ? Avez-vous peur qu'il prenne froid ?

– J'espère qu'il n'est pas mort de quelque mal contagieux, dites donc ? demanda tout-à-coup Joe, en interrompant sa revue.

– Avez-vous peur, mon vieux ? Vraiment, je ne l'ai pas assez fréquenté pour le savoir... Oh ! vous pouvez vous crever les yeux sur cette chemise, vous n'y trouverez pas un trou, ni une place usée. C'était sa meilleure et sa plus fine qu'on eut bien laissé perdre sans moi.

– Qu'appelez-vous laissé perdre ? demanda Joe.

– La lui mettre pour être enseveli, reprit-elle en riant, et quelqu'un avait été assez sot pour le faire, mais je la lui ai ôtée... le calicot est bien suffisant pour cet usage. Il n'est pas plus laid avec une chemise de calicot. »

Scrooge écoutait avec horreur ce dialogue. Ce groupe ramassé sur les dépouilles d'un mort et vu à la lueur d'une mauvaise lampe lui inspirait plus de dégoût que n'auraient pu en faire naître d'obscènes démons marchandant le cadavre même.

« Ha ! ha ! ajouta encore cette femme avec son ricanement cynique, lorsque Joe tirant de sa poche une bourse en flanelle compta à chacun ce qui lui revenait. Voilà comme cela finit. Il nous tenait tous bien loin de lui pendant sa vie pour nous donner des profits à sa mort. Ha ! ha ! ha !

– Esprit, dit Scrooge, frissonnant de la tête aux pieds… je comprends, je comprends le sort de cet infortuné pourrait être le mien. Ma vie actuelle me mène à cette fin. Miséricorde du ciel, qu'est ceci ? »

Il recula d'épouvante : la scène venait de changer, et il touchait presque un lit, un lit nu, sans rideaux, où, sous un linceul déchiré, reposait quelque chose qui était révélé par le silence même. La chambre était très-sombre, trop sombre pour être observée exactement, quoique Scrooge y promenât ses regards curieux, poussé par une impulsion secrète. Une pâle lumière projetait seule un rayon sur le lit et permettait d'y distinguer un cadavre dépouillé, abandonné, auprès duquel personne ne pleurait, personne ne veillait.

Scrooge tourna ses regards vers le fantôme. Celui-ci lui montrait du geste la tête de ce mort. Il n'eût fallu qu'un léger mouvement du doigt pour lever le suaire qui la voilait à peine : Scrooge y songea et il désirait le faire, mais il n'osa jamais.

« Ah ! se disait-il, si cet homme pouvait revivre, quelle serait sa pensée première ? Serait-ce une pensée d'avarice, de cupidité, de lucre ? Ces pensées-là ne l'ont-elles pas mené à une belle fin ! le voilà dans cette maison déserte, sans qu'un homme, une femme ou un enfant puisse dire : il fut bon pour moi, dans telle circonstance ; il m'adressa un mot bienveillant, et, en reconnaissance de ce mot, je respecte sa mémoire… »

Un léger bruit se fit entendre : un chat qui grattait à la porte ; et puis, sous la pierre du foyer, des rats qui rongeaient quelque chose. Que cherchaient-ils dans cette chambre mortuaire ? Pourquoi l'inquiétude de ces animaux ? Scrooge n'osa pas y penser longtemps.

« Esprit, dit-il, ce lieu est affreux. Je ne le quitterai pas sans emporter la leçon qu'il renferme, croyez-moi… Partons… »

Mais l'Esprit lui montrait toujours du doigt la tête sous le suaire.

« Je vous comprends, poursuivit Scrooge, et je le ferais si je le pouvais : je n'en ai pas la force, Esprit, je n'en ai pas la force. »

L'Esprit parut sonder de son invisible regard le cœur de Scrooge.

« Esprit, s'il existe quelqu'un en ville qui éprouve quelque émotion causée par la mort de cet homme, dit Scrooge avec angoisse, montrez-moi ce quelqu'un ; Esprit, je vous en conjure. »

Le fantôme, pendant un moment, étendit devant lui sa sombre robe comme une aile, et puis la repliant il révéla soudain une chambre où une mère était avec ses enfants.

Il était grand jour ; cette femme attendait quelqu'un et avec l'agitation d'une inquiète impatience, car elle allait et venait dans la chambre, tressaillait au moindre bruit, regardait par la fenêtre, consultait la pendule, essayait en vain d'avoir recours à son aiguille et pouvait à peine supporter les voix de ses enfants qui jouaient entre eux.

Enfin retentit à la porte le coup si attendu. Elle court et ouvre à son mari. Cet homme dont le visage annonçait de longs et de pénibles soucis, quoique jeune encore, avait en ce moment une expression remarquable ; il laissait voir une espèce de plaisir triste dont il se sentait honteux et qu'il cherchait à réprimer.

Il s'assit pour prendre le repas qui avait été tenu prêt pour son retour. « Quelle nouvelle ? » se hasarda à lui demander sa femme après un long silence d'hésitation.

Il parut embarrassé de répondre.

« Bonnes ou mauvaises ? dit-elle pour l'aider.

– Mauvaises ! répondit-il.

– Nous sommes tout-à-fait perdus ?

– Non, il y a encore de l'espoir, Caroline.

– S'il se radoucit, dit-elle étonnée, il y a de l'espoir sans doute ; oui, il y en a, après un tel miracle.

– Il n'a plus à se radoucir, Caroline ; il est mort. »

Elle était une créature douce et patiente, ou sa physionomie était bien trompeuse ; mais elle ne put s'empêcher de se réjouir au fond de son âme, et le déclara en joignant les mains. Le moment d'après, elle prononça une prière en demandant pardon au ciel d'avoir cédé à la première émotion de son cœur.

« Cette femme à demi-ivre ne m'avait dit que trop vrai hier au soir, lorsque j'avais essayé de le voir pour obtenir une semaine de délai. J'avais cru que c'était une excuse ; il était non-seulement très-malade, mais mourant.

– À qui sera transférée notre créance ?

– Je ne sais, mais d'ici là nous aurons la somme, et quand même, ce serait trop jouer de malheur que de tomber sur un créancier aussi impitoyable que l'autre. Nous pouvons dormir cette nuit sans inquiétude, Caroline. »

Oui ; ils avaient beau se le reprocher, ils sentaient un poids de moins sur le cœur. Une gaîté plus franche anima les visage des enfants, qui étaient venus écouter ce qu'ils ne comprenaient guère. Cette famille devait un peu de bonheur à la mort de cet homme : la seule émotion vraie causée par l'événement, la seule que l'Esprit pût montrer à Scrooge était une émotion de plaisir.

« Esprit, dit Scrooge, si vous ne voulez que la chambre mortuaire où nous étions tout-à-l'heure soit toujours présente à ma pensée, effacez-en l'impression, en me montrant quelque scène de tendresse provoquée par une mort. »

L'Esprit le conduisit par plusieurs rues qui lui étaient familières, et, tout en allant, Scrooge regardait çà et là, espérant de se rencontrer et ne s'apercevant nulle part. Ils entrèrent dans la maison du pauvre Bob Cratchit, que Scrooge avait visitée déjà. La mère et les enfants, assis autour du feu, attendaient tranquillement… bien tranquillement. Les bruyants petits Cratchit étaient comme des statues dans un coin, les yeux fixés sur leur frère Pierre, qui tenait un livre ouvert devant lui. La mère et les filles s'occupaient à coudre… Tout le monde était bien tranquille assurément.

Au moment où Scrooge et l'Esprit franchissaient le seuil de la porte, Pierre lisait sans doute tout haut, car Scrooge entendit ces paroles :

« Et il prit l'enfant et le plaça au milieu d'eux. »

Mais pourquoi interrompit-il sa lecture ? La mère déposa son ouvrage sur la table et se cacha le visage avec les mains, en disant : « La couleur de cette étoffe me fait mal aux yeux ! »

La couleur !... ah ! pauvre Tiny Tim !

« Mes yeux sont mieux à présent, dit la femme de Cratchit ; la lumière les rend faibles, et, pour rien au monde, je ne voudrais que votre père crût que j'ai pleuré quand il rentrera... Il ne peut tarder, voici l'heure.

– L'heure est passée, dit Pierre en fermant son livre ; mais je crois qu'il marche plus lentement qu'autrefois depuis quelques soirs, ma mère. »

La mère et les enfants étaient encore bien tranquilles. Enfin, elle répondit d'une voix ferme et qui ne faiblit que sur un mot :

« Je l'ai vu marcher vite, très-vite avec... Tiny Tim sur son épaule.

– Et moi aussi, s'écria Pierre, souvent.

– Et moi aussi, » s'écria un autre. Tous répétèrent : « Et moi aussi.

« Mais Tiny Tim ne pesait guère, reprit la mère en retournant à son ouvrage pour cacher son effort, et son père l'aimait tant qu'il le portait sans peine sans peine... Mais j'entends votre père à la porte. »

Elle courut au-devant de lui. Bob entra avec son foulard... il en avait bon besoin, le pauvre père. Son thé était prêt sur le guéridon, et c'était à qui s'empresserait pour le servir. Ensuite les deux petits Cratchit s'installèrent sur ses genoux, et chacun d'eux posa une petite joue contre une des siennes comme pour lui dire : Nous sommes là, mon père, ne vous affligez pas. – Bob parut très-gai avec tous, et eut une bonne parole pour les uns et les autres. Il examina le travail de sa femme et de ses filles, loua leur adresse, leur activité.

« Ce sera fini longtemps avant dimanche, ajouta-t-il sans autre transition.

– Dimanche ! vous y êtes donc allé aujourd'hui, Robert ? demanda sa femme.

– Oui, ma chère, répondit Bob je regrette que vous n'ayez pu y venir ; cela vous aurait fait du bien de voir combien l'emplacement est vert ; mais vous le verrez souvent, n'est-ce pas ? Je lui avais promis que j'irais m'y promener un dimanche ; mon petit, mon petit enfant, s'écria Bob, mon petit enfant ! »

Il éclatait tout-à-coup, il ne put s'en empêcher. Il quitta la chambre où était la famille et monta dans une chambre au-dessus, qui était éclairée et décorée comme pour Noël. Il y avait là une chaise… où le pauvre Bob s'assit, et quand il se fut un peu remis, il redescendit plus calme.

La famille se rapprocha du feu ; les jeunes filles et leur mère se remirent à coudre en causant. Bob leur parla de l'extraordinaire bienveillance du neveu de Scrooge, qu'il avait à peine vu deux fois, et qui, le rencontrant le matin, lui avait demandé, touché de son air un peu un peu abattu, lui avait demandé ce qu'il avait. Sur quoi, poursuivit Bob, je le lui dis ; car c'est le plus courtois des hommes. Je suis sincèrement affligé de ce que vous m'apprenez, monsieur Cratchit, dit-il, et je plains vivement votre excellente femme… Et par parenthèse, comment a-t-il pu savoir cela ?

– Savoir quoi, mon ami ?

– Que vous étiez une excellente femme.

– Tout le monde ne le sait-il pas ? dit Pierre.

– Très-bien répliqué, mon garçon, s'écria Bob ; j'espère que personne ne l'ignore. – Je suis sincèrement affligé, disait-il, pour votre excellente femme ; si je puis vous être utile en quelque chose, voilà où je demeure. Et il m'a remis sa carte. Venez me voir. – Ce n'est pas tant pour ce qu'il peut faire en effet, continua Bob ; mais son air de bonté m'a charmé. On aurait dit qu'il avait connu noire Tiny Tim et qu'il le regrettait comme nous.

– Je suis sûre qu'il a un bon cœur, dit Mrs Cratchit.

– Vous en seriez encore plus sûre, ma chère, répliqua Bob, si vous l'aviez vu et si vous lui aviez parlé. Je ne serais pas surpris, faites bien attention à ceci, qu'il trouvât une meilleure place à Pierre.

– Entendez-vous, Pierre ? dit Mrs Cratchit.

– Et alors, dit une des miss Cratchit, Pierre s'établira pour son compte et se mariera.

– Voulez-vous bien vous taire ? repartit Pierre en riant.

– Elle pourrait bien un jour avoir raison, dit Bob, quoiqu'il y ait du temps pour cela, mon garçon. Mais de quelque manière que nous nous séparions les uns des autres, je suis sûr qu'aucun de nous n'oubliera le pauvre Tiny Tim…

– Jamais, mon père ! s'écrièrent-ils tous.

– Et je sais, dit Bob, je sais, mes amis, je sais que lorsque nous nous rappellerons sa patience et sa douceur… quoique ce ne fût qu'un petit enfant nous n'aurons jamais de querelle ensemble ce qui serait oublier le pauvre Tiny Tim.

– Non, jamais, mon père, répétèrent-ils tous.

– Vous me rendez heureux, très-heureux, » dit Bob.

Mrs Cratchit l'embrassa, ses filles l'embrassèrent, les deux petites Cratchit l'embrassèrent, et Pierre et lui se prirent tendrement la main. Ame enfantine de Tiny Tim, tu étais une essence de Dieu !

« Spectre, dit Scrooge, quelque chose me révèle que notre séparation approche ; quelque chose dont je ne me rends pas compte. Apprenez-moi quel était l'homme que nous avons vu mort.

L'Esprit de Noël futur le transporta comme il avait déjà fait, mais Scrooge crut que c'était par un mouvement encore plus rapide, et le supplia de s'arrêter. « Ce quartier, dit-il, que nous traversons si vite est celui où était le centre de mes occupations ; car, au milieu de ces visions de l'avenir, Scrooge parlait déjà du présent comme du passé. Je reconnais la maison, laissez-moi voir ce que je serai un jour. »

L'Esprit s'arrêta ; mais son doigt indicateur se dirigeait d'un autre côté.

« Voilà la maison, s'écria Scrooge ; pourquoi me faire signe d'aller plus loin ? »

Le doigt inexorable resta immobile.

Scrooge courut à la hâte donner un coup-d'œil à la fenêtre de son comptoir. C'était toujours un comptoir, mais non plus le sien. L'ameublement était le même, et la personne sur son siège n'était plus lui. Le fantôme continuait son geste.

Scrooge le rejoignit et le suivit de nouveau jusqu'à une grille de fer. Il s'arrêta avant d'entrer : un cimetière !... Ici donc, sous quelques pieds de terre, était l'homme dont il voulait savoir le nom. Ce cimetière était entouré de maisons ; le gazon et les herbes sauvages y croissaient abondamment, végétation vigoureuse de la mort et non de la vie… les places y étaient serrées, et l'on aurait pu s'étonner d'y voir encore des fosses béantes : mais le cimetière est un gouffre insatiable.

L'Esprit, debout au milieu des tombes, en désigna une à Scrooge, qui s'en approcha tout en tremblant, car dans l'air toujours solennel de son guide, il lui semblait reconnaître une signification nouvelle.

« Avant que je fasse un pas de plus vers cette tombe, demanda Scrooge, répondez à une question : Ce que vous me montrez, est-ce l'image de ce qui doit être, ou seulement de ce qui peut être ? »

L'Esprit se contenta encore, pour toute réponse, d'indiquer la tombe près de laquelle ils se trouvaient.

« Dans le sentier où s'engage un homme, peut se projeter devant lui l'ombre du but où il doit arriver s'il y persévère ; mais s'il change de voie, le but changera. Apprenez-moi s'il en est ainsi pour ce que vous me montrez. »

L'Esprit demeura immobile avec le même geste.

Scrooge se pencha avec terreur sur la dalle funéraire, et, suivant de l'œil le doigt du fantôme, lut pour toute épitaphe de cette tombe négligée son propre nom :

Ebenezer Scrooge.

« Suis-je donc l'homme qui était sur le lit de mort ? » s'écria-t-il en s'agenouillant.

Le doigt se dirigea alternativement de la tombe à lui et de lui à la tombe.

« Non, Esprit, oh ! non, non. »

Toujours le doigt fatal.

« Esprit, s'écria-t-il en se cramponnant à sa robe, écoutez-moi. Je ne suis plus l'homme que j'étais… je ne serai plus l'homme que j'aurais été sans cette intervention secourable. Pourquoi m'avoir montré toutes ces choses, s'il n'y a pas d'espoir pour moi ? »

Pour la première fois, la main parut vouloir faire un autre mouvement.

« Bon Esprit, reprit Scrooge, toujours prosterné à ses pieds, vous intercédez pour moi, vous avez pitié de moi. Assurez-moi que je puis changer ces images que vous m'avez montrées, en changeant de vie. »

La main s'agita avec un geste bienveillant.

« J'honorerai Noël au fond du cœur, et le célébrerai toute l'année. Je vivrai dans le passé, le présent et l'avenir. Les trois Esprits qui m'ont visité ne me quitteront plus, car je ne cesserai de méditer leurs leçons. Oh ! dites-moi que je puis passer l'éponge sur cette pierre. »

Dans son angoisse il saisit la main du spectre. Elle voulut se dégager de son étreinte, mais la sienne tint bon, et il y eut lutte jusqu'à ce que l'Esprit, étant le plus fort, le repoussa.

Scrooge joignant ses mains, dans une attitude de suppliant, aperçut une altération dans le vêtement et la forme du sceptre, qui se transforma insensiblement en colonne de lit.

V

LA CONCLUSION.

Oui ! c'était la colonne d'un lit, et ce lit était le sien, et il était dans sa chambre ; mais, circonstance plus heureuse encore, le lendemain lui appartenait pour vivre et s'amender.

« Je veux vivre dans le passé, le présent et l'avenir, répéta Scrooge en sautant à bas du lit, je méditerai en moi-même les leçons des trois Esprits. Ah ! Jacob Marley ! je remercie le ciel et la fête de Noël, je le dis à genoux, vieux Jacob, à genoux ! »

11 était si animé de ses bonnes intentions que sa voix brisée répondait mal à l'exaltation de sa pensée. Il avait sangloté violemment dans sa lutte avec l'Esprit et son visage était humide de larmes.

« Ils ne sont pas arrachés, s'écria Scrooge en embrassant un de ses rideaux, ils ne sont pas arrachés avec les anneaux, ils sont ici, je suis ici : les images des choses qui auraient pu se réaliser peuvent s'évanouir : elles s'évanouiront ; je le crois, je le sais. »

Dans son transport il ne savait plus ce qu'il faisait de ses mains, et en s'habillant, il mit plus d'une fois ses vêtements à l'envers, les ôta en croyant les mettre, se débattit contre ses bas comme Laocoon contre ses serpents ct fit toutes sortes d'extravagances. « Je suis léger comme une plume, s'écria-t-il, je suis heureux comme un ange, gai comme un écolier en vacances, étourdi comme un homme ivre. Joyeux Noël à tous et bonne année ! holà ! hé ! holà ! »

De sa chambre il avait sauté dans son salon, complètement essoufflé. « Voilà bien le poêlon où était mon gruau, se dit-il en tournant vers la cheminée ; voilà la porte par laquelle entra l'esprit de Jacob Marley ; voilà le coin où s'était assis l'esprit de Noël présent ; voilà la fenêtre où je vis les âmes en peine : tout est à sa place, tout est vrai, tout est arrivé... Ha ! ha ! ha ! »

En vérité, pour un homme qui en avait perdu l'habitude, Scrooge riait admirablement.

« Je ne sais quel jour du mois nous sommes, continua-t-il, je ne sais combien de temps j'ai passé avec les Esprits ; je ne sais plus rien ; je suis un enfant... N'importe, qu'est-ce que cela me fait ? je voudrais être un enfant... eh ! holà ! holà ! hé ! »

Il fut interrompu dans son exaltation par le carillon des cloches : dong, ding » ding, et jamais carillon ne l'avait tant réjoui.

Il courut à la fenêtre, l'ouvrit et regarda : pas de brouillard... le jour était clair, froid, mais pur, un jour qui invitait à la danse ; le soleil brillait au ciel... quel beau temps ! quelles joyeuses cloches ! oh ! quel jour splendide !

Un petit garçon endimanché passa sous sa fenêtre : « Eh ! mon petit homme, quel jour sommes-nous ?

– Eh ! répéta l'enfant étonné.

– Quel jour sommes-nous, mon garçon ?

– Aujourd'hui ? Eh ! c'est le jour de Noël !

– Le jour de Noël ! se dit Scrooge, allons, je ne l'ai pas manqué ; les Esprits ont tout fait en une nuit : ils peuvent faire tout ce qu'ils veulent : certainement qu'ils le peuvent... – Holà ! mon petit garçon.

– Holà ! répondit l'enfant.

– Sais-tu où est la boutique du marchand de volailles au coin de la seconde rue à droite ?

– Je crois le savoir.

– Garçon d'intelligence, enfant remarquable ! Sais-tu si l'on a vendu la belle dinde qui y était hier ? il y en avait deux ; je parle de la plus grosse.

– Celle qui est aussi grosse que moi ?

– Quel charmant enfant ! c'est un plaisir de lui parler ; oui, mon Benjamin !

– La dinde y est toujours, répondit le petit drôle.

– Vrai ? s'écria Scrooge ; eh bien, va l'acheter.

– Est-il plaisant le monsieur !

– Non, non, je parle sérieusement. Va l'acheter et dis qu'on me l'apporte ici pour que je donne l'adresse de la maison où il faut la remettre : reviens avec celui qui l'apportera et je te promets un shelling ; reviens avec lui avant cinq minutes et tu auras une demi-couronne. »

Le petit garçon partit comme un trait.

« Je l'enverrai chez Bob Cratchit, se dit Scrooge en se frottant les mains ; il ne saura pas d'où cela lui vient. Elle est deux fois grosse comme Tiny Tim. Ce sera une plaisanterie excellente que de l'envoyer à Bob. »

Il écrivait l'adresse d'une main qui n'était pas très-ferme, mais il l'écrivit, et descendit pour attendre la dinde sur la porte. Là il remarqua le marteau : « Bien aimé marteau, dit-il en le caressant de la main, je t'aimerai toute ma vie. Je te regardais à peine avant-hier ; quelle honnête expression dans ta figure de cuivre ! Merveilleux marteau !... Voici la dinde : holà ! hé ! bonjour ; je vous souhaite de joyeuses fêtes de Noël. »

Quelle dinde ! était-il possible qu'un pareil volatile eût jamais pu se tenir sur ses jambes ? elles se seraient brisées sous elle.

« Impossible que vous portiez cela jusqu'à Camden-Town, mon brave homme, dit Scrooge ; prenez un cabriolet »

Jamais rire ne fut plus franc que celui qui accompagna ces paroles et Scrooge rit encore plus fort en payant la dinde, il rit en payant la course du cabriolet, il rit en récompensant le petit garçon ; bref, il rit encore, et cette fois jusqu'aux larmes, en s'asseyant, essoufflé par tant d'éclats de rire.

Scrooge se rasa, et ce ne fut pas besogne facile tant sa main tremblait encore, tant il tenait mal son équilibre ; mais il se serait fait une entaille avec le rasoir qu'il y aurait mis un morceau de taffetas agglutinatif et se serait consolé.

Enfin sa toilette fut terminée : il sortit avec ses plus beaux habits et rencontra une population nombreuse dans les rues comme il l'avait vue en compagnie de l'Esprit de Noël présent. Pour tous ceux qui le regardaient, il avait un air de gracieux sourires : il avait en un mot l'air si bonhomme, que deux ou trois bons vivants lui dirent ; « Bonjour, monsieur ! joyeux Noël, monsieur ! » Jamais souhait n'avait ravi autant son oreille.

Après avoir fait un peu de chemin encore, il reconnut un des quêteurs qui, la veille, étaient venus le voir, celui qui lui avait dit : « Scrooge et Mariey, je présume ? » – Cette rencontre lui causa un remords et il se serait peut-être détourné pour l'éviter ; mais il prit son parti en brave, et s'avançant vers le gros monsieur, il lui saisit la main :

– Mon cher monsieur, lui dit-il, comment êtes-vous ? j'espère que votre journée a été bonne hier : je vous remercie de m'avoir compris sur votre liste de visites. Je vous souhaite un joyeux Noël !

– Monsieur Scrooge ?

– Oui, c'est mon nom, et peut-être ne vous est-il pas agréable : je vous demande mille excuses et auriez-vous la bonté de… » Scrooge acheva sa phrase à l'oreille de son interlocuteur qui s'écria tout surpris : « Dieu me bénisse ! mon cher monsieur Scrooge, parlez-vous sérieusement ?

– S'il vous plaît, pas un farthing de moins : je vous assure que je comprends dans cette somme bien des rentrées sur lesquelles je ne comptais plus ; me ferez-vous cette grâce ?

– Mon cher monsieur, dit le quêteur en lui secouant la main cordialement, je ne sais que répondre à tant de munifi…

– Pas un mot de plus, je vous prie, répliqua Scrooge. Venez me revoir ; voudrez-vous bien revenir ?

– Oui, certes, dit le monsieur, oui, j'irai ; et l'on voyait à son air qu'il irait.

– Je vous remercie, lui répondit Scrooge, je vous suis très-obligé ; je vous remercie mille fois ; au revoir, mon cher monsieur. »

Il entra dans l'église, il parcourut les rues, il examina les gens qui allaient et venaient, donna aux enfants de petites tapes caressantes sur la tête, interrogea les mendiants auxquels il fit l'aumône, plongea son coup-d'œil dans les cuisines et puis regarda aux fenêtres, trouvant que tout pouvait l'intéresser ; jamais, jusqu'alors, il ne s'était imaginé qu'une promenade pût devenir une telle source de distractions et de bonheur. Dans l'après-midi, il dirigea ses pas du côté de la maison de son neveu.

Il passa et repassa une douzaine de fois devant la porte avant d'avoir le courage de frapper ; mais enfin il se monta la tête et frappa.

– Votre maître est-il chez lui, ma chère ? demanda Scrooge à la servante, brave et jolie fille vraiment.

– Oui, monsieur.

– Où est-il, ma chère fille ?

– Il est dans la salle à manger avec madame : par là, monsieur ; je vais vous annoncer si vous voulez.

– Merci, ma chère fille, il me connaît, » dit Scrooge.

Il tourna doucement le bouton de la porte, l'entr'ouvrit et commença par promener son regard dans la salle : son neveu et sa nièce examinaient la table qui était disposée comme pour un gala… ces jeunes mariés aiment que tout aille bien.

« Fred ! » dit Scrooge.

À cet appel, ah ! comme sa nièce se retourna et tressaillit en reconnaissant l'oncle Scrooge !

« Et Dieu me pardonne ! s'écria Fred, qui est-ce ?

– C'est moi, votre oncle Scrooge ; je viens dîner ; me voulez-vous, Fred ? »

Fred se précipita vers lui et lui prit vivement la main : Scrooge était à son aise au bout de cinq minutes. La réception fut on ne peut plus cordiale ; la nièce imita le neveu ; Toper fut charmant pour Scrooge ; la belle-sœur du neveu de même ; bref, tous les convives. Quelle partie ! quels jeux ! quelle unanimité… félicité parfaite !

Scrooge fut matinal le lendemain pour descendre à son comptoir. Ah ! pensait-il, si je pouvais être le premier rendu et prendre Bob Cratchit à arriver tard ! Il s'en faisait une fête et il eut cette satisfaction. Neuf heures, pas de Bob ; neuf heures un quart, pas de Bob : Bob fut de dix-huit minutes en retard. Scrooge était assis à son pupitre avec la porte toute grande ouverte pour le voir se blottir dans son coin.

Bob avait ôté son chapeau et son foulard ; il se glissa sur son escabelle et fit courir tout d'abord sa plume comme pour rattraper neuf heures.

« Holà ! grommela Scrooge avec son ton bourru habituel, autant qu'il put le feindre, que signifie de venir à cette heure ?

– Je suis bien fâché, monsieur, je suis en retard.

– En retard ! répéta Scrooge, oui, je le crois ; avancez-ici, s'il vous plaît.

– Ce n'est qu'une fois tous les ans, monsieur, dit Bob d'un air confus en s'approchant de son chef ; cela n'arrivera plus : je me suis mis un peu en gaîté hier, monsieur.

– Écoutez que je vous dise, mon ami, dit Scrooge : cela ne peut aller ainsi plus longtemps ; et en conséquence, poursuivit-il en sautant de son fauteuil et portant à Bob une botte dans son gilet qui le fit reculer à plus de dix pas, et en conséquence, je veux augmenter vos appointements ! »

Bob trembla et se plaça à la portée de la règle ; il eut un moment l'idée d'en asséner un coup à Scrooge, de s'emparer de lui et d'appeler à son secours les voisins pour le conduire à Bedlam.

« Joyeux Noël ! Bob, dit Scrooge avec un air trop sérieux pour qu'on pût s'y méprendre et en frappant Bob familièrement sur l'épaule ; un Noël plus joyeux que je ne vous en ai donné depuis longtemps. Bob, mon garçon, j'augmenterai vos appointements ; je chercherai à être utile à votre laborieuse famille et nous discuterons vos affaires cette après-midi sur un bowl de vin chaud. Bob ! allumez les deux feux et brûlez-moi un autre boisseau de charbon avant de faire un second I, Bob Cratchit ! »

Scrooge tint parole : il fit mieux, beaucoup mieux. Il fut un second père pour Tiny Tim, qui ne mourut pas ! il devint un bon ami, un bon maître, un bon homme, aussi bon qu'aucun marchand de la Cité, avant et depuis lui. Quelques personnes rirent de son changement ; il les laissa rire, sachant bien qu'il vaut mieux rire que pleurer ; il avait lui-même le rire au cœur : cela lui suffisait.

Il n'eut plus de commerce avec les Esprits ; mais on disait de lui qu'il solennisait admirablement Noël : qu'on en dise autant de vous, de moi, de nous tous ! et ainsi, comme s'exprimait Tiny Tim, « Dieu nous bénisse tous tant que nous sommes ! »